Von Barbara Cartland
sind als Heyne-Taschenbücher erschienen:

Duell der Herzen · Band 01/6225
Das Schloß der Liebe · Band 01/6259
Flucht vor der Liebe · Band 01/6318
Träume werden Wirklichkeit · Band 01/6353
Die Vollendung der Liebe · Band 01/6404
Das gestohlene Herz · Band 01/6441
Ein Liebeslied · Band 01/6451
Dämmerung der Liebe · Band 01/6488
Rhapsodie der Liebe · Band 01/6549
Ein widerspenstiger Engel · Band 01/6585
Im Sog der Leidenschaft · Band 01/6604
Anschlag auf die Liebe · Band 01/6714
Der böse Marquis · Band 01/6770
Prinzessin zwischen Thron und Liebe · Band 01/6869
Wende des Schicksals · Band 01/6961
Mit den Waffen der Liebe · Band 01/7657
Rache des Herzens · Band 01/7759
Die Liebe siegt · Band 01/7901
Irrweg der Liebe · Band 01/7970

BARBARA CARTLAND

LOHN DER LIEBE

Roman

Deutsche Erstausgabe

WILHELM HEYNE VERLAG
MÜNCHEN

HEYNE ALLGEMEINE REIHE
Nr. 01/8050

Titel der Originalausgabe
AN ANGEL RUNS AWAY
Aus dem Englischen
übersetzt von Iris Foerster

Copyright © 1985 by Cartland Promotions
Copyright © der deutschen Ausgabe 1990
by Wilhelm Heyne Verlag GmbH & Co. KG, München
Printed in Germany 1990
Umschlagzeichnung: Walter Wyles/Luserke
Umschlaggestaltung: Atelier Ingrid Schütz, München
Satz: Werksatz Wolfersdorf GmbH
Druck und Bindung: Presse-Druck, Augsburg

ISBN 3-453-04176-3

1

England, 1818

Jeder, der den Marquis von Raventhorpe gesehen hätte, wäre beeindruckt gewesen.

Mit seinem Zylinder, den er schräg auf dem Kopf trug, in seinem faltenlosen Rock aus geripptem Kord und mit einem Halstuch, das auf eine Art gebunden war, wie man sie in der vornehmen Welt von St. James's noch nicht kannte, verkörperte er den Inbegriff der Eleganz.

Seine Bekannten wußten sehr wohl, daß nur ein erstklassiger Schneider wie Weston die Muskeln verbergen konnte, die er als anerkannter Faustkämpfer in Jackson's Academy entwickelt hatte.

Glänzende Schaftstiefel bedeckten seine schlanken, aber sehr kräftigen Beine. Er legte in ihnen viele Meilen auf der Wildvögeljagd zurück.

Man hätte denken sollen, daß der Marquis aufgrund seiner großen Erbschaft und seines stattlichen Äußeren, das bei jeder Frau das Verlangen nach seiner Aufmerksamkeit weckte, die Welt wenn nicht entzückt, so doch zufrieden betrachtete.

Aber das Gegenteil war der Fall. Die zynischen Falten zu beiden Seiten seiner schmalen Lippen und das modisch affektierte Senken der Augenlider vermittelten den Eindruck, als ob er über jeden, der ihm begegnete, spottete.

Er war sich wohl bewußt, daß die jüngeren Stutzer

seine äußere Erscheinung kopierten, die älteren Mitglieder seines Clubs jedoch die Köpfe über ihn schüttelten und sagten, seine Arroganz und seine herablassende Art bewiesen nur, daß er anmaßend sei.

Der Marquis achtete jedoch nicht auf die Kritik und lebte weiterhin so, wie er es für richtig hielt. Er gewann alle klassischen Pferderennen. Und sein Haus, in dem schon seine Vorfahren gelebt hatten, wurde so perfekt geführt, daß dies das Mißvergnügen des Prinzregenten hervorrief.

»Ich kann nicht verstehen, Raventhorpe«, hatte er bei seinem letzten Besuch gesagt, »weshalb ich in Ihrem Haus bessere Speisen, bessere Bedienung und besseren Wein vorgesetzt bekomme als in meinem eigenen.«

Die Stimme des Regenten hatte gereizt geklungen, und der Marquis schloß daraus, daß er eifersüchtig war.

Dies war kein Wunder, denn er hielt sich nicht nur gern für den ›ersten Gentleman‹ in Europa, sondern war auch gern der erste unter seinen Freunden und gefiel sich darin, genau wie der Marquis, in allem, was er unternahm, zu brillieren.

»Ich glaube, das liegt daran, Königliche Hoheit«, hatte der Marquis erwidert, »daß Sie Perfektion erwarten und es fast unmöglich ist, diese zu finden, Sire, trotz Ihres großen Geschicks und Ihres Scharfblicks, besonders was das schöne Geschlecht betrifft.«

Der Regent hatte gelacht, aber nachdem er seinen Besuch beendet hatte, sagte er zu einem seiner Freunde:

»Ich will verdammt sein, wenn ich mich dort bald wieder sehen lasse. Ich möchte, daß ich mit meinem

Gastgeber auf gleicher Stufe verkehre und nicht das Gefühl habe, daß er mir in irgend etwas überlegen ist.«

Da sein Freund sich beim Prinzregenten einschmeicheln wollte, beteuerte er, daß dies unmöglich sei. Was nicht zutraf, denn alle, die zur *beau monde* gehörten, kannten die Qualitäten des Marquis.

Im Augenblick war dieser auf dem Weg zu einer jungen Dame, die seinem Ideal von Vollkommenheit zu entsprechen schien.

Jahrelang, ja seit er volljährig geworden war, hatten ihn seine Verwandten inständig gebeten, zu heiraten und sicherzustellen, daß der Titel fortgeführt wurde und der Besitz in der Familie blieb.

Die beiden nächsten Verwandten des Marquis, sein Bruder und ein Cousin, die ihm als Erben gefolgt wären, waren beide im Krieg gegen Napoleon gefallen.

Deshalb war es dringend notwendig, daß der Marquis eine Frau nahm. Denn auch ihm konnte ja etwas zustoßen, sei es durch einen Unfall, bei einem Duell, auf der Jagd. Vielleicht starb er aber auch an einer der Krankheiten, die in London so verbreitet waren.

Der Marquis hatte jedoch erklärt, er würde niemals heiraten, es sei denn, er fände eine Frau, die er für vollkommen genug hielt, seinen Namen zu tragen.

Sein Ideal von Vollkommenheit entsprach seiner Mutter, die er verehrt hatte. Sie starb, als er gerade sieben Jahre alt war. Sie hatte jedoch lange genug gelebt, um ihrem Sohn als eine schöne, würdevolle, warmherzige und liebevolle Frau in Erinnerung zu bleiben.

Alle Frauen, die er kennenlernte, und die meisten

von ihnen hatten dafür gesorgt, daß sie ihn kennenlernten, entsprachen in diesem oder jenem Punkt nicht seinen Ansprüchen.

Aber nun, nachdem seine Familie und seine Freunde schon fast verzweifelten, hatte er Lady Sarah Chessington kennengelernt. Er hielt sie in der Tat für das schönste Mädchen, dem er jemals begegnet war.

Manche Leute sagten dem Marquis, sie würden ein ideales Paar sein und so gut zueinander passen.

Lady Sarah war die Tochter des Fünften Earl of Chessington-Crewe. Er und der Marquis waren Konkurrenten auf dem Rennplatz.

Sein Landsitz an der Grenze von Hertfordshire war erst ein halbes Jahrhundert später, nachdem der Vater des Marquis sein Anwesen erworben hatte, in den Besitz der Familie gekommen.

Das Haus des Marquis war vor fünfzig Jahren von den Brüdern Adam vollständig umgebaut worden, aber dies änderte nichts an der Tatsache, daß das Land, auf dem es stand, laut dem Reichsgrundbuch Wilhelm des Eroberers von 1086, einem Mann namens Raven gehört hatte.

Der Marquis war davon überzeugt, daß Lady Sarah die Frau war, die er suchte. Deshalb machte er ihr ohne die geringste Eile klar, daß er sich für sie interessierte.

Lady Sarah war bei ihrem ersten Erscheinen in der Londoner Gesellschaft als ›Unvergleichliche‹ gefeiert worden, und daß der Marquis sie bewunderte, war das mindeste, was sie erwartet hatte.

Sie war jedoch klug genug, sich sowohl überrascht als auch geschmeichelt über seine Aufmerksamkeit zu zeigen.

Als er schließlich zu dem Schluß gekommen war, daß sie alle Eigenschaften besaß, die er von einer Frau erwartete, hatte er ihr seinen Besuch für den Nachmittag ankündigen lassen.

Nach einem frühen Lunch in seinem Haus am Berkeley Square war er in seinen Reisewagen gestiegen, den er erst kürzlich entworfen hatte und der von dem Augenblick an, da er mit ihm die St. James's Street hinunterfuhr, eine Sensation gewesen war.

Er war nicht nur moderner, besser gefedert und leichter zu lenken als jeder andere Wagen dieser Art, sondern er besaß auch eine Eleganz, die speziell für den Marquis gemacht zu sein schien.

Und die vier Pferde, die ihn zogen, waren ein perfekt zueinander passendes Gespann, so daß alle Pferdeliebhaber in den Clubs vor Neid erblaßten, wenn er vorüberfuhr.

Hoch auf dem kleinen Sitz, der immer etwas gefährlich wirkte, thronte ein Diener in der Livree des Marquis mit einem kokardenverzierten Hut reglos mit verschränkten Armen, unberührt davon, wie schnell sein Herr auch fuhr.

Der Marquis brauchte nicht einmal eine Stunde, um das kräftige, ziemlich überladene schmiedeiserne Tor zu erreichen, hinter dem sich eine lange, von Eichen gesäumte Einfahrt auftat.

Er konnte das Haus aus der Ferne sehen und fand, daß es ein häßliches Gebäude war, ebenso wie die später errichteten Anbauten.

Trotzdem wirkte das Anwesen beeindruckend, und die Gärten, die es umgaben, waren gepflegt.

Der Marquis wußte auch, daß der Graf viel Geld für den Kauf eines Hauses in London ausgegeben hatte, in dem er Empfänge für seine Tochter Sarah gab, da der Familiensitz für einen Ball zu ihren Ehren und für die Gesellschaften zu klein war, bei denen oft zwei- bis dreihundert Gäste anwesend waren.

Er mußte daran denken, daß der Graf wohl finden würde, ein solcher Luxus habe sich gelohnt, wenn er Lady Sarah tatsächlich heiratete.

Er wußte, Debütantinnen hingen vor begehrenswerten Junggesellen an der Angelschnur wie Fliegen über der Forelle, und der Haken war offensichtlich die Ehe. Sobald der Fisch gefangen war, gab es kein Entrinnen.

Der Marquis, der die vielfältigsten und fantasievollsten Köder über Jahre hinweg gemieden hatte, überlegte, daß der Graf ein glücklicher Mann war, da mit ihm der größte Fisch gefangen wurde.

Es wäre falsche Bescheidenheit gewesen, wenn er nicht zugegeben hätte, daß keiner der Junggesellen der *beau monde* ihm gleichkam und daß es im ganzen Land weit und breit keine Eltern gab, die ihn nicht als Schwiegersohn willkommen heißen würden.

Lady Sarah hatte zum erstenmal auf einem großen Ball des Herzogs und der Herzogin von Bedford seine Aufmerksamkeit erregt, als sie in ihrem weißen Debütantinnenkleid wie eine Lilie ausgesehen hatte.

Er hatte ihr jedoch nicht mehr als einen flüchtigen Blick geschenkt, da er zu jener Zeit die Gunst der attraktiven Frau eines ausländischen Diplomaten genoß, der angenehmerweise einen großen Teil seiner Zeit auf Reisen verbrachte.

Die Frau des Diplomaten war nur eine von mehreren schönen, geistreichen und weltgewandten Frauen, die durch die Hände des Marquis gegangen waren, ehe er sich entschlossen hatte, Lady Sarah näher kennenzulernen.

Ihm war aufgefallen, daß sie bei jeder Gesellschaft, bei jedem Empfang und jedem Ball, den er besuchte, ebenfalls eingeladen war.

Und jedesmal fand er sie noch schöner als beim letztenmal, und er entdeckte liebenswürdige Eigenschaften, die er bei den anderen Debütantinnen nicht bemerkt hatte.

Sie bewegte sich anmutig und ohne Hast, und ihre langen, schlanken Hände machten keine überflüssigen Gesten. Wenn sie sprach, tat sie es mit leiser, sanfter Stimme. Wenn der Marquis eines verabscheute, dann waren es schrille Stimmen.

Einige seiner leidenschaftlichsten *affaires de cœur* waren deshalb zu Ende gegangen, weil er, so hübsch eine Frau auch sein mochte, ihre Gesellschaft nicht länger ertragen konnte, wenn ihre Stimme aufreizend klang.

Seine Geliebten, die zahlreich waren und, wie ein Witzbold es ausgedrückt hatte, mit den Saisons wechselten, traf die gleiche Kritik.

Es hatte eine bezaubernde kleine Ballettänzerin gegeben, die er in einem Haus in Chelsea untergebracht hatte. Nach nur wenigen Wochen schon hatte er sie fallenlassen, weil sie morgens eine heisere Stimme hatte, die Seiner Lordschaft auf die Nerven ging.

Der Marquis war rasch vorangekommen, so daß er ein wenig früher als erwartet in Chessington Hall eintraf.

Vor der Tür stand ein Diener bereit, um sein Pferd in den Stall zu führen.

Er stieg von seinem Wagen und ging lässig den roten Teppich hinauf, der rasch auf den steinernen Stufen vor ihm ausgerollt wurde, und trat durch die Vordertür in die nicht sehr eindrucksvolle Halle.

Der Butler schritt würdevoll dem Marquis voraus in einen Raum, der wohl die Bibliothek sein mußte, obgleich sie nicht halb so viele Bücher enthielt wie seine eigene in Raven.

»Ich bin nicht sicher, M'Lord«, sagte der Butler respektvoll, »ob Lady Sarah schon unten ist, aber ich werde sie von der Ankunft Eurer Lordschaft unterrichten.«

Der Marquis antwortete nicht und dachte ein wenig spöttisch, daß Lady Sarah in Erwartung seiner Ankunft zweifellos schon begierig oben an der Treppe stand. Sie würde in dem Augenblick herunterkommen, in dem ihr offiziell mitgeteilt wurde, daß er eingetroffen sei.

Langsam ging er durch den Raum und betrachtete ein ziemlich schlechtes Pferdebild über dem Kamin. In diesem brannte ein Feuer, das offensichtlich erst vor wenigen Minuten angezündet worden war und schrecklich qualmte. Der Marquis haßte qualmende Kamine. Er achtete in Raven und in seinen anderen Häusern sorgfältig darauf, daß die Kamine während des Sommers jeden Monat und im Winter alle zwei Wochen gereinigt wurden.

Außerdem hielt er es für überflüssig, Anfang Mai ein Feuer im Kamin anzuzünden.

Da er das Haus kannte, denn er war schon mehrmals bei dem Grafen zu Gast gewesen, als dieser noch keine Debütantinnentochter vorzuführen hatte, verließ er die Bibliothek.

Er ging ein kurzes Stück den Korridor entlang. Wie

er wußte, befand sich dort ein kleiner Raum, in dem sich der Graf und die Gräfin gewöhnlich aufhielten, wenn sie allein waren. Er grenzte an den Blauen Salon, dem Hauptempfangsraum, und wenn große Abendgesellschaften stattfanden, wurde er oft als Spielzimmer benutzt.

Das Kartenspiel war sehr viel mehr nach seinem Geschmack als die musikalische Unterhaltung, die auf dem Land so oft nach dem Dinner geboten wurde. Der Marquis hatte bei verschiedenen Gelegenheiten beträchtliche Summen von den Gästen des Grafen gewonnen, die keine so guten oder so glücklichen Spieler waren wie er.

In diesem Raum brannte kein Feuer, und der Marquis stellte sich mit leichtem Amüsement vor, daß Lady Sarah vermutlich beabsichtigte, ihn im Blauen Salon zu empfangen, der ein passender Hintergrund für ihre Schönheit und auch der richtige Rahmen für einen Heiratsantrag war.

Während er daran dachte, hörte er Stimmen und bemerkte, daß sie aus dem Zimmer, das neben dem Blauen Salon lag, kamen. Die Tür stand einen Spalt offen.

»Aber Sarah, du wirst doch Seine Lordschaft nicht warten lassen?« fragte die Stimme eines Mädchens.

»Genau das habe ich vor, Olive«, antwortete Lady Sarah.

Der Marquis erkannte ihre Stimme sofort. Aber in ihr lag nicht jene süße Sanftheit, die ihm aufgefallen war, besonders wenn sie mit ihm sprach.

»Aber warum, Sarah? Warum?«

Er erkannte auch diese Stimme. Sie gehörte einem ziemlich einfältigen jungen Mädchen, dem er auf einem Empfang bei den Chessington-Crewes in der Park Lane begegnet war.

Er hatte gehört, daß sie Olive hieß, und er erinnerte sich dunkel daran, daß sie irgendeine Verwandte war.

Sie ging schon auf die Fünfundzwanzig zu, und da er sie farblos und etwas selbstgefällig fand, war er zu dem Schluß gekommen, daß sie eine Langweilerin war, und er hatte sich so rasch wie möglich aus ihrer Nähe entfernt.

Nun hörte er Lady Sarah auf Olives Frage antworten:

»Es wird dem edlen Marquis guttun, wenn er sich ein wenig abkühlt. Er hätte mich schon vor mindestens drei Wochen besuchen sollen, aber er hat mich hingehalten, und jetzt mache ich es genauso mit ihm.«

»Aber Sarah, Liebste, ist das klug? Schließlich ist er ein bedeutender Mann. Ich persönlich finde ihn sehr imposant. Angenommen, er macht dir doch keinen Heiratsantrag?«

»Unsinn!« erwiderte Lady Sarah. »Deshalb ist er hergekommen, und ich halte es für eine Beleidigung, daß er sich so lange Zeit dazu gelassen hat.«

Sie hielt inne, ehe sie selbstzufrieden hinzufügte: »Schließlich gibt es in ganz London keine andere Frau, die so schön ist wie ich, wie du sehr wohl weißt, Olive. Ich habe Dutzende von Briefen und Gedichten bekommen, die es beweisen.«

»Natürlich, Liebste«, stimmte Olive zu. »Das bestreite ich auch nicht. Aber leider hat der Marquis kein Gedicht über dich geschrieben.«

»Dafür ist er viel zu egozentrisch«, antwortete Lady Sarah. »Er schreibt eher über sich selbst ein Gedicht.«

Es entstand eine kleine Pause, und dann sagte Olive zögernd:

»Aber Sarah, Liebste, du bist doch sicher in ihn verliebt? Wer wäre das nicht, da er so stattlich und so reich ist.«

»Das ist der wesentliche Punkt«, erwiderte Lady Sarah. »Er ist sehr reich, Olive, und zweifellos einer der angesehensten Junggesellen in der Gesellschaft.«

»Und deshalb liebst du ihn«, beharrte Olive.

»Mama sagt, daß Liebe, so wie du darüber sprichst, etwas für Dienstboten und Bauern ist. Ich bin sicher, Seine Lordschaft und ich werden gut miteinander auskommen, aber ich bin auch nicht blind für seine Mängel. Er würde mir gewiß nicht mit Selbstmord drohen wie der arme Hugo.«

»Das hoffe ich nicht«, sagte Olive rasch. »Und was machst du mit Hugo?«

Lady Sarah zuckte mit den Achseln.

»Was soll ich mit jemandem machen, der mich bis zum Wahnsinn liebt und behauptet, er würde lieber sterben als ohne mich weiterleben?«

»Aber Sarah, du darfst ihn nicht sterben lassen!«

»Ich zweifle daran, daß er etwas so Törichtes tun wird. Und wenn, dann würde es mich wütend machen, denn es würde einen Skandal auslösen, und alle, die neidisch auf mich sind, würden mir vorwerfen, ich hätte Hugo Hoffnungen gemacht.«

»Ich fürchte, das ist die Wahrheit.«

»Der arme Hugo«, seufzte Sarah. »Er tut mir schrecklich leid, aber du weißt, er kann mir keine Raventhorpe-Juwelen und nicht die gesellschaftliche Stellung bieten, die ich als Marquise haben werde.«

»Du wirst die schönste Marquise sein, die es je gegeben hat«, sagte Olive schwärmerisch.

Der Marquis preßte die Lippen zusammen und fand, daß er genug gehört hatte. Er sah in den Korridor hinaus, ging dann rasch an der Tür zum Blauen Salon vorbei und betrat die Halle.

Dort standen zwei Diener und flüsterten miteinander. Als sie ihn sahen, nahmen sie Haltung an.

Der Marquis ging an ihnen vorbei, die Stufen hinunter und machte sich auf den Weg zum Stall.

Er fand seinen Wagen mitten auf dem gepflasterten Hof. Sein Diener und zwei Stallburschen gaben seinen Pferden Wasser zu trinken. Er stieg auf und nahm die Zügel, während sein Diener sich auf den Sitz dahinter schwang. Dann fuhr er davon.

Als er in die Auffahrt einbog, die er erst vor so kurzer Zeit heraufgekommen war, war er so zornig wie schon seit vielen Jahren nicht mehr.

Wie konnte er mit seiner Menschenkenntnis und mit dem, was er immer für seinen intuitiven Scharfblick gehalten hatte, erwogen haben, eine Frau zu heiraten, die in einer so unangenehmen und eindeutig ungezogenen Art und Weise über ihn sprach?

Er hatte sich immer gerühmt, ein gutes Urteilsvermögen sowohl über Pferde und Männer als auch über Frauen zu haben. Und es entsetzte ihn nun, nicht erkannt zu haben, daß auch Lady Sarah – wie so viele ihres Geschlechts – nur an der gesellschaftlichen Stellung eines Mannes interessiert war. Sie wollte ihn nicht um seiner selbst willen heiraten.

Er war es gewohnt, daß die eleganten Damen, mit denen er Affären hatte, unweigerlich ihre Herzen an ihn verloren und ihn leidenschaftlich liebten.

So konnte er kaum glauben, daß die junge Frau, die er mit Wohlgefallen betrachtet hatte, in solch einer kalten, berechnenden Art über ihn sprach. Er war schockiert und gleichzeitig gedemütigt, weil er nicht bemerkt hatte, was hinter ihrem schönen Gesicht lag.

Wie ein unerfahrener Jüngling hatte er sich von der oberflächlichen Schönheit verführen lassen, und darüber war er sehr ärgerlich.

Die Frau, die er heiraten wollte und die die Mutter seiner Kinder wurde, sollte Herz und Seele haben.

Wie konnte ich so ein verdammter Narr sein? fragte er sich wütend.

Nur jahrelange Selbstbeherrschung hinderte ihn daran, seine Pferde anzutreiben, um so rasch wie möglich von Chessington Hall wegzukommen.

Ich werde niemals heiraten! Niemals! sagte er sich.

Er passierte das schmiedeeiserne Tor und bog in einen Seitenweg ein, der ihn auf die Hauptstraße führte.

Der Marquis war sich wohl bewußt, daß er glücklich sein konnte, die Situation rechtzeitig erkannt zu haben.

Die Tatsache, daß er nach Chessington Hall gekommen war und sich dann davongemacht hatte, würde den Grafen erzürnen, aber er hoffte auch, daß es Sarah wütend machen würde.

Obwohl er jede Frau verachtete, die sich an den Mann verkaufte, der am meisten bot, war er vor allem über seine Blindheit schockiert. Den ersten Heiratsantrag seines Lebens hatte er einer Frau machen wollen, die unwürdig war, seinen Namen zu tragen.

Er schob das Kinn vor, preßte die Lippen zusammen, und seine Augen waren dunkel vor Zorn.

Als er schon fast eine Meile die Hauptstraße entlanggefahren war, sah er vor sich eine kleine Gestalt, die am Straßenrand entlanglief und sich umdrehte, als sie ihn näherkommen sah. Dann trat sie mitten auf die Straße und breitete die Arme aus.

Er war überrascht. Ihm blieb nichts anderes übrig, als seine Pferde nur ein paar wenige Schritte von der schlanken Gestalt entfernt zum Stehen zu bringen.

Sie hatte sich nicht bewegt und nicht die geringste Furcht gezeigt, er könnte sie überfahren.

Als der Wagen stand, lief sie auf ihn zu und sagte mit atemloser, leiser Stimme:

»Würden Sie bitte so freundlich sein, Sir, und mich mitnehmen?«

Der Marquis sah in ein kleines Gesicht, das von zwei sehr großen blauen Augen beherrscht war, die von nassen Wimpern eingerahmt waren, und Tränen schimmerten auf ihren Wangen.

Es war ein rührendes kleines Gesicht.

Er bemerkte, daß ihr durch die Eile, mit der sie die Straße entlanggelaufen war, der Hut in den Nacken gerutscht war, und ihr lockiges Haar fiel ihr unordentlich in die Stirn. Sie war so jung, daß sie fast noch ein Kind zu sein schien.

Als er nach einer Antwort suchte, rief das Mädchen zu seinem Erstaunen:

»Oh, Sie sind es!«

»Kennen Sie mich?« fragte der Marquis.

»Natürlich, aber ich dachte, Sie wären bei Sarah in Chessington Hall.«

Der Marquis sah sie erstaunt an. Ehe er etwas sagen konnte, fuhr das Mädchen fort:

»Bitte, bitte, wenn Sie nach London fahren, nehmen Sie mich mit, und wäre es nur ein kleines Stück.«

Der Marquis bemerkte jetzt, daß es kein Bauernmädchen war, wie er zuerst gedacht hatte, sondern daß sie mit einer kultivierten Stimme sprach, und da sie Sarah erwähnt hatte, nahm er an, daß sie offensichtlich etwas mit den Chessington-Crewes zu tun haben mußte.

»Sie wollen doch nicht etwa allein nach London fahren?«

»Ich muß. Ich kann es nicht länger ertragen, und wenn Sie mich nicht mitnehmen, warte ich, bis ein anderer kommt, der es tut.«

Sie schien verzweifelt zu sein, und der Marquis fragte:

»Sie wollen also davonlaufen? Ich nehme Sie nur unter der Bedingung mit, daß Sie mir erklären, was Sie vorhaben und wo Sie hingehen wollen.«

»Danke... danke.«

Ihre Augen strahlten plötzlich, und sie lief um den Wagen herum, und ohne darauf zu warten, daß der Diener abstieg und ihr half, kletterte sie auf den Sitz neben dem Marquis.

»Sie sind sehr freundlich«, sagte sie. »Aber ich hätte nie gedacht, daß Sie es sind, als ich die Pferde die Straße herabkommen sah.«

Der Marquis fuhr langsam an.

»Ich glaube, Sie sollten von vorn beginnen und mir erklären, wer Sie sind«, sagte er.

»Ich heiße Ula Forde.«

»Und Sie kommen von Chessington Hall?«

»Ja, ich wohne dort... oder vielmehr, ich habe dort gewohnt.«

Ihre Worte klangen ein wenig unsicher, und dann fügte sie rasch hinzu:

»Bitte, schicken Sie mich nicht zurück. Ich habe mich entschlossen, und, was immer auch mit mir geschieht, es kann nicht schlimmer sein als das, was ich bis jetzt durchgemacht habe.«

»Wie wäre es, wenn Sie mir den Grund nennen würden?« schlug der Marquis vor. »Sie müssen doch wissen, daß ich Sie korrekterweise zurückbringen sollte.«

»Weshalb?«

»Weil Sie viel zu jung sind, um allein nach London zu fahren, falls dort nicht jemand ist, der für Sie sorgt.«

»Ich werde jemanden finden.«

Der Marquis dachte ironisch, daß dies sehr wahrscheinlich war, aber laut sagte er:

»Was ist in Chessington Hall vorgefallen, daß Sie von dort wegliefen?«

»Ich, ich kann es nicht länger ertragen, von Onkel Lionel und von Sarah geschlagen zu werden und andauernd zu hören, daß alles, was ich tue, falsch ist, nur weil sie meinen Vater hassen.«

Der Marquis sah sie erstaunt an.

»Soll das heißen, daß der Earl of Chessington-Crewe Ihr Onkel ist?«

Sie nickte.

»Ja.«

»Und er hat Sie geschlagen?«

»Er schlägt mich, weil Sarah es will und auch weil er Mama nicht verzeihen will, daß sie mit meinem Vater fortgelaufen ist. Aber sie waren so glücklich, so überaus glücklich, und das war ich auch, bis ich in das Haus meines Onkels kam. Dort war es für mich die Hölle!«

Der Marquis bemerkte, daß sie nicht hysterisch sprach, sondern so aufrichtig, daß es ihm nicht schwerfiel, ihr zu glauben.

»Was hatte der Graf an Ihrem Vater auszusetzen?« fragte er nach einer Weile.

»Meine Mutter, seine Schwester, war sehr schön und lief am Abend vor ihrer Hochzeit mit dem Herzog von Avon mit Papa davon.«

»Und wer war Ihr Vater?«

»Er war damals Hilfsgeistlicher – der Hilfsgeistliche in der Dorfkirche von Chessington. Danach wurde er Vikar eines kleinen Dorfes in Worchestershire, wo ich geboren wurde.«

»Ich kann verstehen, daß es die Familie erzürnt haben muß, als Ihre Mutter am Abend vor der geplanten Hochzeit davonlief.«

»Keiner von ihnen sprach je wieder mit Mama. Aber sie war mit Papa so glücklich, daß es keine Rolle spielte, und obwohl wir arm waren und oft wenig zu essen hatten, waren wir vergnügt, und alles war so wunderbar, bis sie beide letztes Jahr bei einem Kutschenunfall ums Leben kamen.«

Wieder sprach sie ganz nüchtern, aber der Marquis spürte ihre Trauer.

»Onkel Lionel kam zur Beerdigung«, fuhr sie fort, »und als es vorbei war, nahm er mich mit, und seither ging es mir schlecht.«

»Wodurch haben Sie ihn so zornig gemacht?« fragte der Marquis.

»Er haßt mich einfach deshalb, weil ich Papas Kind bin. Ich kann ihm nichts recht machen. Es sind nicht nur die Schläge, die Ohrfeigen, und daß Sarah mich an den Haaren zerrt. Es gibt in dem großen Haus keine Liebe, während unser kleines Pfarrhaus voller Liebe war, voller Sonnenschein.«

Der Marquis erkannte, daß sie einfach eine Tatsache feststellte, und nicht versuchte, ihn in irgendeiner Weise zu beeindrucken.

Nach einer Weile fragte er:

»Und weshalb sind Sie gerade heute weggelaufen?«

»Weil Sie kamen, um Sarah einen Heiratsantrag zu machen«, sagte Ula. »Alle im Haus waren sehr aufgeregt. Sarah zog sich mehrmals um, weil sie Eindruck auf Sie machen wollte. Und sie sagte, ich mache alles zu langsam. Deshalb schlug sie mich mit ihrer Haarbürste und sagte ihrer Mutter, ich sei absichtlich störrisch, weil ich auf Sie eifersüchtig sei.«

Ula hielt inne, und dann fuhr sie fort:

»Tante Mary meinte: ›Wundert dich das? Niemand wird jemals Ula heiraten. Sie besitzt keinen Penny und ist das Kind eines gewöhnlichen Vikars, der einen Haufen Schulden hinterlassen hat, weil er sogar dazu zu dumm war, sie aus der Opferbüchse zu bezahlen.‹«

Ula seufzte.

»Ich dachte, sie mache einen Scherz. Aber plötzlich wurde mir klar, daß ich es nicht länger ertragen konnte, und als Sarah mich schlug, lief ich aus dem Zimmer und aus dem Haus. Und ich schwöre, ich gehe nie, nie wieder dorthin zurück.«

»Was wollen Sie dann tun?« fragte der Marquis.

»Ich habe vor, nach London zu gehen und dort eine Tänzerin zu werden, die auf Gesellschaften vortanzt.«

Der Marquis war so erstaunt, daß er an den Zügeln zog und die Pferde die Köpfe hochwarfen.

»Eine Tänzerin!« rief er. »Wissen Sie, was Sie da sagen?«

»Ja. Tänzerinnen bekommen eine Menge Geld. Vetter Gerald, Sarahs Bruder, kam letzte Woche nach Hause, und zuerst gab es einen schrecklichen Streit, weil einige Kaufleute Onkel Lionel geschrieben hatten, Gerald würde seine Schulden nicht bezahlen, und sie wollten ihn vor Gericht bringen.«

Sie blickte zum Marquis auf, als sie sprach, um zu sehen, ob er ihr zuhörte, und fuhr fort:

»Onkel Lionel brüllte Gerald eine Zeitlang an, und dann sagte Gerald: ›Es tut mir leid, Papa, aber ich habe mein ganzes Geld für eine sehr hübsche kleine Tänzerin ausgegeben. Sie bat mich so nett darum, daß ich es ihr unmöglich abschlagen konnte. Ich bin sicher, du verstehst das.‹«

»Und was hat Ihr Onkel darauf erwidert?« fragte der Marquis.

»Er lachte und sagte: ›Ich verstehe das, mein Junge. Mir ging es in deinem Alter genauso. Also gut, ich werde deine Schulden bezahlen, aber künftig wirst du nicht mehr so ausschweifend leben.‹«

Ula schwieg einen Augenblick und sagte dann:

»Ich, ich weiß nicht genau, was sie außer Tanzen noch tun, aber ich bin sicher, irgend jemand wird es mir sagen können.«

»Und wen wollen Sie fragen?«

Sie lächelte ihn an, und als er sie betrachtete, dachte er, daß sie wie ein kleiner, ziemlich schlecht behandelter Engel aussah, der versehentlich vom Himmel heruntergefallen war.

»Da ich Sie jetzt kennengelernt habe, kann ich ja Sie fragen«, meinte Ula.

»Und ich will Ihnen darauf antworten. Es ist für Sie ganz unmöglich, eine Tänzerin zu werden.«

»Aber warum?«

»Weil Sie eine Dame sind!«

»Gibt es ein Gesetz, daß Damen keine Tänzerinnen sein dürfen?«

»Ja!« erwiderte der Marquis ohne Zögern.

Es herrschte Schweigen.

Dann meinte Ula:

»Dann muß ich etwas anderes finden. Vielleicht könnte ich als Köchin arbeiten. Ich kann sehr gut kochen, wenn ich die richtigen Zutaten habe.«

Bevor der Marquis etwas darauf erwidern konnte, fügte sie hinzu:

»Vielleicht sehe ich aber zu jung aus, und die Leute könnten zögern, mich in ihre Küchen zu lassen.«

»Ich glaube, das ist zweifellos die Wahrheit«, sagte der Marquis. »Was würden Sie sonst noch gern tun?«

Ula lachte leise, und es klang sehr melodisch.

»Was ich wirklich gern wäre, ist ganz unmöglich, aber ich wäre gern eine ›Unvergleichliche‹ wie Sarah, so daß alle attraktiven Männer mir zu Füßen liegen und mich bitten würden, sie zu heiraten.«

»Ich nehme an, dann würden Sie den bedeutendsten davon auswählen«, sagte der Marquis barsch.

Ula schüttelte den Kopf.

»Natürlich nicht. Ich würde den auswählen, den ich liebe und der mich liebt. Aber das wird nie geschehen.«

»Warum nicht?«

»Weil mich niemand heiraten wird, wegen des Skandals, den Mama ausgelöst hat, als sie mit Papa weglief. Tante Mary und Sarah haben es mir immer und immer wieder gesagt, und weil ich kein Geld besitze, nicht einen einzigen Penny.«

Sie seufzte leise.

»Es wäre wunderbar — auch wenn Mama sagen würde, solche Gedanken seien vulgär — wenn ich die ›Unvergleichliche‹ von St. James's wäre und jedermann mich schön fände! Aber das wird niemals geschehen, deshalb stelle ich es mir in meinen Träumen vor, und die kann mir niemand wegnehmen.«

Eine Schönheit wie Sarah! sagte sich der Marquis.

Während sie durch den dichten Verkehr nach London fuhren, kam ihm eine Idee — eine Idee, die seinem Gesicht einen zynischen Ausdruck verlieh.

2

Sie fuhren eine kurze Weile schweigend weiter. Als die Straße frei war und Ula glaubte, der Marquis würde ihr wieder seine Aufmerksamkeit schenken, sagte sie:

»Darf ich Sie um etwas bitten?«

»Natürlich.«

»Wenn Sie mich in London absetzen, sagen Sie Sarah bitte nicht, wo ich bin.«

»Ich werde Sarah nicht sehen«, antwortete der Marquis.

Ula sah ihn erstaunt an.

»Aber ich dachte..., soviel ich weiß, wollten Sie ihr doch heute nachmittag einen Heiratsantrag machen?«

»Ich habe Ihre Cousine in Chessington Hall nicht gesehen, und ich habe nicht vor, sie oder irgendeine andere Frau zu heiraten«, erwiderte der Marquis.

Nun klang seine Stimme zornig, und nach einem Augenblick sagte Ula:

»Onkel Lionel wird sich darüber sehr aufregen.«

»Da kann man nichts machen.«

Es herrschte Schweigen, dann sprach der Marquis:

»Wahrscheinlich wundern Sie sich darüber, daß ich Ihrer Cousine keinen Heiratsantrag gemacht habe, wie es alle erwartet haben.«

»Ja, alle waren sicher, daß Sie deshalb nach Chessington Hall kommen wollten«, erwiderte Ula. »Aber wenn Sie sich wirklich entschlossen haben, Sarah nicht zu heiraten, ist das sehr klug von Ihnen.«

»Warum?«

Er wußte, daß Ula nach Worten suchte, dann antwortete sie:

»Ich bin sicher, zwei Menschen können nur dann glücklich miteinander werden, wenn sie sich lieben.«

»Sie wissen also, daß Sarah mich nicht liebt?«

»Ja.«

»Liebt sie einen Mann namens Hugo?«

Ula schüttelte den Kopf.

»Sie amüsiert sich über seine Gedichte, die wirklich sehr schön sind, fast so gut wie die von Lord Byron.«

»Hat Sie sie Ihnen gezeigt?«

»Nein, sie warf sie weg, und vielleicht war es nicht recht von mir, aber weil die Gedichte so gut sind, habe ich sie aufgehoben.«

»Sie haben mir noch nicht gesagt, wer Hugo ist.«

»Er ist Lord Dawlish, und er tut mir sehr, sehr leid.«

»Warum?«

Die scharfen, knappen Fragen des Marquis schienen Ula nicht zu beunruhigen, und sie antwortete:

»Er liebt Sarah von ganzem Herzen, aber sie erwidert seine Liebe nicht, und deshalb würde er sehr unglücklich werden, wenn er sie heiraten würde.«

Es entstand eine kleine Pause. Dann sagte Ula:

»Man hat eine Menge merkwürdige Dinge über Sie erzählt, und daß Sie kein Herz hätten. Aber ich glaube nicht, daß jemand, der so viele edle Pferde besitzt, sie nicht auch liebt.«

Der Marquis verstand, was sie damit meinte, und dachte, daß noch niemand so etwas zu ihm gesagt hatte.

»Ich glaube, wir müssen Ihrem Problem auf den Grund gehen«, sagte er nach einem Augenblick. »Da

Sie niemanden kennen, der Sie liebt oder beschützt, werden Sie London sehr beängstigend finden und vielleicht sogar sehr gefährlich.«

»Niemand kann mir etwas stehlen«, sagte Ula, »da ich nichts besitze.«

»Ich spreche nicht von Geld«, erwiderte der Marquis.

»Dann kann ich mir nicht vorstellen, was für Gefahren es für mich geben sollte, außer daß Onkel Lionel vielleicht die Polizei nach mir ausschickt, obwohl ich glaube, Tante Mary wird sehr froh sein, wenn sie feststellt, daß ich weg bin.«

»Und was ist mit Ihrer Cousine Sarah?«

»Sie haßte es, daß ich im Haus war, auch wenn ich wie ein Dienstbote behandelt wurde und nicht zu den Mahlzeiten herunterkommen durfte, wenn Besuch da war.«

»Das ist außergewöhlich, da Sie die Nichte Ihres Onkels sind.«

»Er hat mir oft gesagt, daß ich für alle Zeit durch meine Mutter gezeichnet sei. Ich glaube wirklich, sie fürchteten, der alte Klatsch könnte wieder aufleben, wenn mich jemand sieht.«

»Das ist mehr als wahrscheinlich«, antwortete der Marquis, und wieder lag ein sarkastischer Ausdruck in seinen Augen.

Nach einiger Zeit bogen sie von der Hauptstraße ab und fuhren einen hügeligen, von Bäumen gesäumten Weg hinauf.

Als sie oben ankamen, stand zu beiden Seiten des Tors ein Pförtnerhaus, und Ula sah den Marquis überrascht an.

»Wo fahren wir hin?« fragte sie.

Der Marquis brachte seine Pferde im Schatten einer großen Linde zum Stehen. Sie waren müde und deshalb nicht übermäßig unruhig. Der Marquis hielt die Zügel locker in der Hand. Dann wandte er sich Ula zu und betrachtete sie.

Während der Fahrt hatte sie ein wenig ihr Haar gerichtet, und er sah, daß es ebenso blond wie die goldenen Locken ihrer Cousine Sarah war, doch es war das sehr blasse Gold der Morgendämmerung.

Ihr kleines Gesicht war herzförmig, und ihre Augen, die so unnatürlich groß erschienen, waren von dem sanften Blaugrau einer Taubenbrust.

Sie hatte etwas sehr Kindliches an sich, dachte der Marquis, und sie strahlte eine Reinheit aus, durch die sie erst recht wie ein kleiner Engel wirkte, was er schon beim ersten Anblick empfunden hatte.

Sie bemerkte, daß er sie prüfend musterte, und hob stolz ein wenig das Kinn, so als wolle sie sich nicht demütigen lassen, doch gleichzeitig lag ein Anflug von Angst in ihren Augen.

»Ich möchte Ihnen etwas vorschlagen, Ula«, sagte er. »Und ich möchte, daß Sie es sich sorgfältig überlegen.«

»Ja, natürlich«, antwortete sie. »Sie wollen mich doch etwa nicht zurückschicken?«

»Eigentlich sollte ich das tun«, erwiderte der Marquis. »Aber ich habe Grausamkeit noch nie gemocht, ja immer verabscheut, obwohl ich kaum glauben kann, daß irgend jemand ein junges Mädchen wie Sie so grausam behandeln kann, wie es Ihr Onkel und Ihre Cousine getan haben.«

»Vielleicht hätte ich mich nicht vor einem Fremden beklagen dürfen. Aber ich habe die Wahrheit gesagt.

Papa wäre sehr verletzt gewesen, wenn ich etwas anderes getan hätte.«

»Natürlich glaube ich Ihnen«, erwiderte der Marquis. »Und deshalb tue ich nicht das, was ich eigentlich tun sollte, Ula. Ich werde Sie nicht nach Chessington Hall zurückschicken.«

»Danke, danke!« rief Ula. »Ich fürchtete einen Augenblick, daß Sie das vorhätten, und wenn ich davonliefe, könnten Sie mich leicht einholen.«

»Sehr leicht«, bestätigte er. »Aber ich möchte nicht, daß Sie davonlaufen. Ich möchte, daß Sie mir helfen und dabei gleichzeitig sich selbst.«

»Ich Ihnen helfen?« fragte Ula und ihre Augen leuchteten. Er sah, daß die Furcht aus ihnen gewichen war.

»Wenn Sie über das, was Sie im Haus Ihres Onkels erlebt haben, empört sind«, sagte der Marquis, »dann bin auch ich empört, wenn auch aus einem ganz anderen Grund.«

»Was haben sie Ihnen getan? Was haben sie zu Ihnen gesagt?« fragte Ula impulsiv. »Das ganze Haus war aufgeregt, weil Sie kamen, um Sarah einen Heiratsantrag zu machen. Weshalb haben Sie es nicht getan?«

»Ich will jetzt nicht in die Details gehen«, sagte der Marquis. »Es genügt, wenn Sie wissen, daß ich herausgefunden habe, daß Ihre Cousine ganz anders ist als ich dachte. Wie ich schon sagte, ich werde sie nicht heiraten und übrigens auch keine andere Frau.«

»Sie sollten nur dann heiraten, wenn Sie sich verlieben«, sagte Ula sanft.

Der Marquis schien sie nicht gehört zu haben, denn er fuhr fort:

»Ich habe eine Idee, der Sie sicherlich zustimmen werden.«

»Und zwar?« fragte Ula.

»Sie sollen die ›Unvergleichliche‹ werden, von der Sie immer geträumt haben. Sie sollen mit Ihrer Cousine darin wetteifern, die Frau zu werden, über die man in der Gesellschaft bewundernd spricht.«

Ula starrte ihn an, und ihre Augen waren so groß, daß sie ihr ganzes Gesicht beherrschten.

Dann blickte sie zur Seite und meinte:

»Sie machen sich über mich lustig. Es war sehr anmaßend von mir, an so etwas auch nur zu denken.«

»Ich mache mich nicht lustig über Sie«, widersprach der Marquis. »Ich habe wirklich vor, Ihren Traum in Erfüllung gehen zu lassen.«

Sie sah ihn wieder an und sagte:

»Was wollen Sie damit sagen? Ich fürchte, ich bin sehr dumm, aber ich verstehe nicht...«

Einen Augenblick preßte der Marquis seine Lippen zusammen. Dann erklärte er:

»Ich habe vor, Ihrer Cousine eine Lektion zu erteilen und ebenso Ihrem Onkel. Sein Verhalten Ihnen gegenüber ist unverzeihlich.«

Er dachte daran, daß nur ein brutaler und gefühlloser Mensch ein so zartes, feenhaftes Wesen wie dieses Mädchen hatte schlagen können.

Ihre Haut glich dem Schmelz einer Perle, und dem Marquis schauderte bei dem Gedanken daran, daß sie mit einer Peitsche traktiert worden war.

Da er wußte, daß Ula auf eine Erklärung wartete, sagte er:

»Wir befinden uns jetzt im Park des Hauses meiner Großmutter, der verwitweten Herzogin von Wrexham. Sie ist alt, aber immer noch sehr tatkräftig, und die Zeit vergeht ihr langsam.«

Seine Stimme klang energisch, als er fortfuhr:

»Ich werde sie bitten, Sie in der Gesellschaft vorzustellen, und es besonders denjenigen deutlich zu machen, die nie genug zu klatschen haben, daß ich Sie ohne Ausnahme für die schönste Frau halte, die ich je gesehen habe.«

»Ich kann mich niemals mit einer Frau wie Sarah vergleichen, oder überhaupt mit den schönen Frauen, die Sie verehren«, rief Ula.

Der Marquis fragte scharf:

»Wer hat über mich gesprochen, und was wissen Sie über die Frauen, die ich verehre?«

»Alle Leute sprechen über Sie, das müssen Sie doch wissen! Wenn Onkel Lionel Gäste hatte, schlich ich mich in die Spielmannsgalerie, wo niemand mich sehen konnte. Von dort aus beobachtete ich die Gesellschaft. Früher oder später sprach man über Sie, die Männer über Ihre Pferde, die Damen über Ihre neueste Liebesaffäre.«

Der Marquis schwieg, und nach einem Augenblick sagte Ula leise:

»Es, es tut mir leid, wenn es Sie ärgert, aber Sie haben mich gefragt. Und eigentlich ist es ein Kompliment für Sie, daß man Sie für so wichtig hält.«

»Es ist ein Kompliment, auf das ich verzichten kann«, erwiderte der Marquis. »Nun wieder zu Ihnen!«

»Das kann nicht Ihr Ernst sein. Wie könnte ich jemals als ›Unvergleichliche‹ auftreten, selbst wenn Sie so freundlich wären, so zu tun, als ob Sie mich für eine hielten. Die Leute würden einfach darüber lachen.«

»Ich schmeichle mir, ein sehr scharfes Auge zu besitzen«, sagte der Marquis. »Wenn ich einen ungeschliffenen, unpolierten Edelstein in der Gosse liegen sehe, dann hoffe ich, in ihm den Diamanten zu erkennen, da ich ein Experte in solchen Dingen bin.«

Ula hörte aufmerksam zu, und er fuhr fort:

»Das gleiche gilt für ein Bild, das verschmutzt oder beschädigt ist und das man hat verkommen lassen. Ich würde einen Rembrandt oder einen Rubens trotzdem erkennen, gleichgültig wie nachgedunkelt er durch seine Vernachlässigung auch sein mag.«

»Aber das ist etwas völlig anderes«, warf Ula ein.

»Im Grunde nicht«, erwiderte der Marquis. »Wenn Sie das erreichen wollen, wonach Sie sich sehnen, werden Sie mir gleichzeitig dabei helfen, das zu erreichen, was ich mir wünsche.«

In seine Augen trat ein harter Ausdruck, als er daran dachte, wie Sarah über ihn gesprochen hatte, und er fuhr fort:

»Wenn wir bei meinem Ruf, meiner Autorität und meinem Wohlstand die Londoner Gesellschaft nicht dazu bringen, Sie als meine Auserwählte zu akzeptieren, dann kann ich nur sagen, daß ich mich selbst für einen Versager halten werde, und das ist etwas, was mir noch nie widerfahren ist.«

»Sie haben noch nie versagt. Ihre Pferde gewinnen alle großen Rennen, und ich habe gehört, wie Onkel Lionel neidisch über Ihre herrlichen Tiere auf dem Land sprach, von denen sogar der Prinzregent sagte, sie besäßen ›eine unbegreifliche Vollkommenheit‹.«

Der Marquis lachte kurz auf.

»Dann wurde also auch diese Geschichte erzählt?«

»Ich habe schon gesagt, daß jedermann über Sie spricht und Sie bewundert.«

»Und Sie?«

»Was für eine Frage. Wie könnte ich jemanden nicht bewundern, der so geschickt war, vier Pferde zu finden, die so perfekt zueinander passen wie die Ihren?«

Der Marquis verzog leicht den Mund und dachte, daß dieses Kompliment völlig anders war als jene, die er gewöhnlich erhielt, aber er sagte nur:

»In diesem Fall möchte ich Sie bitten, mir zu vertrauen und genau das zu tun, was ich Ihnen sage.«

»Und wie, wenn ich Sie enttäusche und Sie sehr ärgerlich über mich werden?«

»Ich werde vielleicht verärgert sein, aber ich verspreche Ihnen, daß ich Sie niemals schlagen werde. Ja, wenn Sie versagen sollten, dann wäre es auch mein Versagen, und das wäre äußerst demütigend für mich.«

»Das darf nicht geschehen«, sagte Ula impulsiv. »Ich will Sie mir nicht gedemütigt vorstellen, denn Sie überragen alle anderen.«

»Danke«, erwiderte der Marquis. »Und denken Sie daran, daß Sie mich in dieser Position lassen müssen und mich nicht in die Niederungen herabziehen.«

Ula lachte spontan. Der Marquis nahm die Zügel und fuhr weiter.

Erst als sie in Sichtweite eines imposanten Steinhauses kamen, dessen Eingangstür ein großes Portal war und von dessen hohen Fenstern aus man über einen Garten voller Blumen sah, wurde Ula etwas nervös.

Der Marquis schwieg, er bemerkte jedoch ihre Anspannung. Sie hatte die Hände im Schoß so fest gefaltet, daß ihre Knöchel weiß wurden.

Zum erstenmal fiel ihm auf, daß sie ohne Handschuhe weggelaufen war, ja, sie hatte überhaupt nichts mitgenommen. Sie trug ein einfaches Baumwollkleid, und über ihren Schultern lag ein Wollschal, der so aussah, als wäre er schon unzählige Male gewaschen worden.

Trotzdem sah der Marquis in ihrem Gesicht eine Schönheit, die durch den einfachen, häßlichen Hut nicht beeinträchtigt wurde.

Er hob Ula vom Wagen, und es gefiel ihm, wie sie ihren Rücken durchdrückte und den Kopf aufrechthielt, als sie ihm ins Haus folgte.

Der alte Butler mit den grauen Haaren strahlte den Marquis an.

»Guten Tag, M'Lord! Dies ist eine freudige Überraschung! Ich weiß, wie entzückt Ihre Gnaden sein wird, wenn ich ihr sage, daß Eure Lordschaft hier sind.«

»Wie geht es Ihrer Gnaden?« fragte der Marquis und gab einem der Diener seinen Hut und seine Handschuhe.

»Nun, sehr gut. Aber wenn Eure Lordschaft die Wahrheit wissen wollen, ich glaube, Ihre Gnaden langweilt sich.«

»Ich bin gekommen, um das zu beheben«, sagte der Marquis. »Würden Sie bitte Miß Forde hinaufführen, Burrows, und Ihre Frau bitten, ihr zu zeigen, wo sie sich ein wenig erfrischen kann, während ich mich mit Ihrer Gnaden unterhalte.«

»Natürlich, M'Lord, natürlich.«

Er ergriff die Initiative und sagte zu Ula:

»Bitte warten Sie hier, Miß.«

Dann ging er durch die Halle und öffnete die Tür zum Salon.

»Der Marquis von Raventhorpe, Euer Gnaden«, verkündete er.

Ula hörte einen Entzückensschrei, bevor Burrows die Tür schloß und zu ihr zurückkehrte.

Der Marquis ging langsam über den herrlichen Aubusson-Teppich zum Kamin, wo seine Großmutter in einem Armsessel saß.

Die Herzogin von Wrexham war in ihrer Jugend eine berühmte Schönheit gewesen, und ihre Hochzeit mit dem Herzog galt damals als das denkwürdigste gesellschaftliche Ereignis des Jahres.

Sie war eine berühmte Gastgeberin geworden, und die Gesellschaften und Bälle, die der Herzog und die Herzogin in Wrexham House gegeben hatten, wurden vom König und der Königin und anderen Mitgliedern der königlichen Familie besucht.

Nun, da sie über siebzig Jahre alt war, fand sie das ruhige Leben auf dem Land sehr langweilig, nachdem sie nicht nur von allen bedeutenden Leuten in England, sondern auch von Europa gefeiert, umjubelt und verehrt worden war. Sie war trotz ihres weißen Haares immer noch eine Schönheit.

Der Marquis schätzte es sehr, daß sie elegant gekleidet war, obwohl sie keinen Besuch erwartet hatte, und sie trug einige ihrer legendären Juwelen, mit denen ihr Gatte sie Jahr für Jahr überhäuft hatte.

»Drogo!« rief sie. »Was für eine schöne Überraschung! Warum hast du mich nicht wissen lassen, daß du kommst? Ich hätte doch mindestens ein Kalb schlachten lassen.«

Der Marquis lachte, als er sich herunterbeugte und die Wange seiner Großmutter küßte.

Dann zog er sich einen Stuhl heran und sagte:

»Ich bin gekommen, weil ich dich um deine Hilfe bitten will, Großmama.«

»Um meine Hilfe?« fragte die Herzogin. »Ich dachte, du seist gekommen, um mir zu sagen, daß du dieses Mädchen heiraten wirst, über das so viel gesprochen wird – Sarah Chessington.«

»Nein, ich bin nicht deshalb gekommen, sondern um dich zu fragen, ob du dich an eine Dame desselben Namens erinnerst, die Sarahs Tante war und vor, wie ich glaube, neunzehn oder zwanzig Jahren einen großen Skandal ausgelöst hat?«

Die Herzogin sah ihren Enkel überrascht an.

»Meinst du Lady Louise Chessington, die den Herzog von Avon heiraten sollte und am Abend vor der geplanten Hochzeit davonlief?«

»Du erinnerst dich daran?«

»Ja, natürlich«, sagte die Herzogin. »Du hast noch niemals einen solchen Skandal miterlebt wie damals.«

Sie lachte und fuhr fort:

»Es hat Avon gewiß getroffen. Er war sehr aufgeblasen und nahm an, daß jedes Mädchen vor Freude sterben würde bei dem Gedanken daran, seine Frau zu werden.«

»Hast du Lady Louise persönlich gekannt?«

»Natürlich! Ihr Vater war der Vierte Graf. Er war ein intelligenter Mann, und wenn du die Wahrheit wissen willst, er verliebte sich in mich, und mein armer Gatte war sehr eifersüchtig. Aber das war er immer, wenn ein anderer Mann mich auch nur ansah.«

»Wer wäre es nicht, da du so schön bist?« fragte der Marquis.

»Danke, Drogo. Aber ich bin jetzt für solche Komplimente zu alt, obwohl ich immer gern an diejenigen denke, die man mir machte, als ich noch jung war.«

Ihre Stimme klang etwas wehmütig, und der Marquis sagte:

»Ich muß dir eine Geschichte erzählen, Großmama. Aber zuerst will ich dir sagen, was eben geschehen ist und dich bitten, niemand davon zu berichten.«

Die Augen der Herzogin funkelten, und sie fragte neugierig:

»Was ist los? Ich bin sehr gespannt, warum du dich für Lady Louise interessierst.«

»Gerade das will ich dir erzählen«, erwiderte der Marquis.

Als sich seine Geschichte dem Ende näherte, und die Herzogin ihn kein einziges Mal unterbrochen hatte, klang die Stimme des Marquis, der bis jetzt ruhig gesprochen hatte, plötzlich ein wenig zornig, als er hinzufügte:

»Und deshalb habe ich dieses Mädchen, Lady Louises Tochter, die wegen der Sünden ihrer Mutter geschlagen und unmenschlich behandelt wurde, hierher zu dir gebracht, Großmama.«

Der Marquis hatte ihr berichtet, wie er Ula auf der Straße aufgelesen hatte, und die Herzogin schien darüber nicht verwundert zu sein, sondern fragte nur:

»Und was soll ich tun?«

»Das will ich dir sagen. Ich möchte sowohl ihrer Cousine Sarah als auch ihrem Onkel, dem Grafen, eine Lektion erteilen, die sie nie vergessen werden.«

Seine Stimme klang scharf, als er fortfuhr:

»Deshalb möchte ich, daß du sie neu einkleidest und zu der Schönheit machst, die ihre Mutter war. Ich möchte, daß du sie auf eine Weise der Gesellschaft vorstellst, die sie nicht nur zu einer Rivalin ihrer Cousine macht, sondern diese sogar in den Schatten stellt.«

Die Augen der Herzogin leuchteten.

»Eine geschickte Rache, Drogo, wenn es dir gelingt.«

»Das kommt ganz auf dich an, Großmama, und ich kenne niemanden, dem dies besser gelingen könnte.«

»Ist das Kind schön genug?«

»Sie ist ungewöhnlich«, sagte der Marquis, »aber nicht in der Weise wie ihre Cousine.«

»Das ist zumindest hilfreich, und ich habe noch nie erlebt, daß du deinen Ruf mit einem Außenseiter aufs Spiel gesetzt hättest, der nicht gewann.«

»Es kann immer ein erstes Mal geben«, sagte der Marquis. »Aber ich wäre sehr enttäuscht, wenn ich bei dieser Gelegenheit nicht mein Ziel erreichte.«

»Dann laß mich sie in Augenschein nehmen«, forderte die Herzogin ihn lächelnd auf.

Der Marquis erhob sich und ging zur Tür.

Als er öffnete, sah er, wie Ula in der Halle einige Bilder betrachtete, während Burrows ihr erklärte, wie sie in den Familienbesitz gekommen waren.

Als der Marquis erschien, sah ihn Ula freudestrahlend an. Aber bevor sie auf ihn zukam, sagte sie zum Butler:

»Danke, daß Sie mir alles gezeigt haben. Ich habe es sehr genossen.«

»Es war mir ein Vergnügen, Miß«, erwiderte Burrows, und Ula ging auf den Marquis zu.

»Ich nahm an, Sie wollten mit Ihrer Großmutter allein sein, deshalb habe ich Sie nicht gestört.«

»Meine Großmutter ist jetzt bereit, Sie zu empfangen«, erwiderte der Marquis.

Er sah, wie Ula ein wenig zitterte, und fügte hinzu:

»Sie brauchen sich vor ihr nicht zu fürchten. Sie wird uns helfen, wie ich es annahm.«

Sie betraten den Salon, und die Herzogin von Wrexham musterte Ula kritisch, während der Marquis mit ihr auf seine Großmutter zuging.

Als sie vor ihr standen, machte Ula einen Knicks, und die alte Dame sagte lächelnd:

»Ich freue mich, Sie kennenzulernen, meine Liebe. Ich kannte Ihre Mutter, und Sie sind ihr sehr ähnlich.«

»Sie kannten Mama?« rief Ula voller Freude. »Dann müssen Sie sie gesehen haben, als sie in London eine Sensation war und die Leute stundenlang vor dem Haus warteten, nur um einen Blick auf sie zu werfen.«

»Das ist wahr«, bestätigte die Herzogin, »aber abgesehen von ihrer Schönheit liebten die Menschen sie wegen ihrer Liebenswürdigkeit.«

»Danke, daß Sie das sagen«, antwortete Ula. »Sie werden sicher verstehen, wie sehr ich sie und Papa vermisse.«

Ihre Stimme klang ein wenig trotzig, als sie ihren Vater erwähnte, denn sie wollte nicht, daß er übergangen wurde.

Die Herzogin verstand sie und sagte:

»Sie müssen mir alles über Ihre Eltern erzählen. Ich habe mich oft gefragt, ob Ihr Vater und Ihre Mutter wirklich glücklich waren und ob es sich gelohnt hat, eine so hohe Stellung aufzugeben, die Ihre Mutter als Frau des Herzogs von Avon eingenommen hätte.«

»Mama sagte mir einmal, sie sei die glücklichste Frau der Welt, weil sie Papa gefunden habe«, erwiderte Ula. »Selbst wenn es manchmal schwer war und wir im Winter froren, weil wir uns nicht genug Kohlen leisten konnten, war sie fröhlich und sagte: ›Das spielt alles keine Rolle, solange ich Papa und dich habe, meine Liebste, denn das macht aus dem Haus, selbst wenn darin sibirische Kälte herrscht, eine kleine Ecke des Himmels, weil wir drei zusammen sind.‹«

Ulas Stimme klang unglücklich, und sie konnte nur mit Mühe die Tränen zurückhalten.

Die Herzogin streckte ihr eine Hand entgegen und sagte:

»Setzen Sie sich. Ich habe gehört, daß mein Enkel vorhat, Ihnen zu dem gleichen Erfolg zu verhelfen, den Ihre Mutter hatte, und ich bin sicher, daß sie Ihnen dies wünschen würde. Ich glaube, es wird nicht allzu schwierig sein.«

»Sind Sie sicher?« fragte Ula. »Seine Lordschaft hatte die fantastische Idee, aus mir eine ›Unvergleichliche‹ zu machen, aber ich weiß, wie unscheinbar ich verglichen mit Sarah aussehe.«

Sie zögerte, ehe sie leise hinzufügte:

»Papa sagte einmal, niemand könne wirklich schön sein, wenn nicht das ›göttliche Licht‹ in ihm leuchte. Vielleicht besitze ich es nicht, und nur Gott könnte es mir schenken.«

Sie sprach ohne die geringste Verlegenheit, und der Marquis war gespannt, wie seine Großmutter auf diese ungewöhnliche junge Frau reagieren würde.

Aber die Herzogin schien über das, was Ula sagte, nicht im geringsten verwundert zu sein. Sie antwortete einfach:

»Ich glaube, wir werden hoffen müssen, daß Sie und ich gemeinsam meinen sehr wählerischen Enkel zufriedenstellen können, und wir werden dafür sorgen, daß Sie vor allen anderen Rivalinnen im Rennen durchs Ziel galoppieren, wie er eben gesagt hat.«

Ula lachte, und der fröhliche Klang schien den Raum zu erfüllen.

»Soll ich das tun?« fragte sie den Marquis. »Dann hoffe ich wirklich, daß ich den goldenen Pokal gewinne, wie Sie letztes Jahr in Ascot.«

»Ich bin bereit, darauf zu wetten.«

»Bitte, seien Sie nicht allzu zuversichtlich«, sagte Ula rasch. »Sie könnten Ihr Geld dabei verlieren.«

»Da wir gerade über Geld sprechen«, unterbrach die Herzogin. »Als erstes braucht Ula die passende Garderobe.«

»Das hatte ich ganz vergessen«, rief Ula erschrokken. »Oh, bitte Ma'am, Sie wissen doch sicher, daß ich Seine Lordschaft nicht erlauben sollte, für meine Kleidung Geld auszugeben. Aber als ich so überstürzt von Chessington Hall weglief, habe ich nichts mitgenommen.«

Sie machte ein besorgtes Gesicht, als sie sich an den Marquis wandte:

»Ich darf Ihnen oder Ihrer Gnaden nicht zur Last fallen.«

Der Marquis stand auf und stellte sich mit dem Rükken zum Kamin.

»Nun will ich Ihnen eines von allem Anfang an klarmachen«, sagte er. »Ich dulde es nicht, daß meine Pläne durchkreuzt werden. Da Sie mir versprochen haben, mir zu vertrauen, Ula, müssen Sie mir auch gehorchen.«

Ula schlug die Augen nieder und sagte leise:

»Mama erklärte mir einmal, daß eine Dame von einem Herrn nur kleine Geschenke annehmen darf, ohne daß man sie für leichtsinnig oder für unanständig hält. Ich glaube, sie meinte einen Fächer oder vielleicht ein Paar Handschuhe, aber nichts anderes.«

»Und doch glaube ich, Sie hatten ursprünglich ganz andere Vorstellungen davon, wie Sie behandelt werden würden, wenn Sie nach London kämen«, bemerkte der Marquis.

Ula errötete und sah dabei ganz reizend aus. Dann sagte sie:

»Ich, ich dachte, ich könnte das Geld verdienen und es nicht einfach als Geschenk annehmen.«

»Das ist sie richtige Antwort«, erwiderte der Marquis. »Sie werden das Geld verdienen, indem Sie meine Anweisungen ausführen und mich, wenn Sie wollen, als Ihren Herrn betrachten.«

Ula überlegte einen Augenblick, dann sah sie den Marquis lächelnd an, und er bemerkte, daß sie Grübchen in den Wangen hatte.

»Ich bin sicher, Eurer Lordschaft ist dies gerade in diesem Augenblick eingefallen, aber da es mein Gesicht wahrt, nehme ich Ihr Angebot an und danke Ihnen vielmals.«

Die Herzogin lachte.

»Ich habe schon immer gewußt, daß du äußerst einfallsreich bist, Drogo, wenn es darum geht, deinen Willen durchzusetzen. So warst du schon als kleiner Junge.«

»Er ist sehr geschickt«, sagte Ula, »und er weiß auf alles eine Antwort.«

»Da stimme ich Ihnen zu«, sagte die Herzogin lächelnd, »und nun, Drogo, wie lauten deine Anweisungen?«

»Ganz einfach«, erwiderte der Marquis. »Ula wird die Nacht hier verbringen, und da ich annehme, daß du dich wie gewöhnlich frühzeitig zurückziehst, wenn du auf dem Land bist, werde ich mit Ula zu Abend essen und ihr einige Erklärungen geben. Morgen kommt ihr beide zum Berkeley Square.«

»Schon morgen?« fragte die Herzogin. »Aber was ist mit ihrer Garderobe?«

»Ula wird natürlich nicht gesehen werden, bis du sie standesgemäß eingekleidet hast. Es ist wichtig, daß sie innerhalb von vierundzwanzig Stunden vorzeigbar ist.«

Die Herzogin stieß einen kleinen Schrei aus.

»Das ist ganz unmöglich!«

»Nichts ist unmöglich«, antwortete der Marquis. »Heute ist Sonntag. Sobald du morgen in London eingetroffen bist, wirst du an deine engsten und angesehensten Bekannten Einladungen zu einem kleinen Empfang schicken, auf dem du ihnen Lady Louises Tochter vorstellen möchtest.«

Nun stieß Ula einen kleinen Schrei aus, und die Herzogin sah ihren Enkel überrascht an.

Er sah die Frage in ihren Augen und erklärte:

»Du kanntest Lady Louise und hast sie sehr geschätzt. Indem du ihre Tochter der *beau monde* vorstellst, zeigst du deine Zuneigung und Bewunderung für eine Frau, die die große Gesellschaft wegen des Mannes verließ, den sie liebte.«

Die Herzogin lächelte.

»Drogo, du bist ein Genie! Nichts könnte die Leute mehr interessieren, als zu erfahren, daß Louise eine Tochter hat, und daß sie nun unter meiner Obhut steht, und zwar in deinem Haus.«

»Genau das denke ich auch«, stimmte der Marquis ihr zu.

»Werden sie nicht noch immer schockiert sein über den Skandal, den Mama auslöste, weil sie davonlief?« fragte Ula.

»Sie werden interessiert und amüsiert sein, und ich bin ganz sicher, sie werden sie ebenso wie ich bewundern, weil sie tapfer genug war, so etwas zu tun«, sagte die Herzogin energisch.

»Onkel Lionel wird entsetzt sein«, murmelte Ula.

»Das hoffe ich«, erwiderte der Marquis. »Je wütender er ist, um so mehr werde ich mich freuen.«

Er hielt inne, sah in Ulas besorgte Augen und fügte hinzu:

»Sie müssen vergessen, daß Sie unter ihm und Ihrer Cousine Sarah gelitten haben. Sie beginnen jetzt ein neues Leben, Ula, und Sie werden feststellen, daß es sehr anregend ist.«

»Ich wünschte nur, Mama könnte Ihnen danken, so wie ich es versuche«, sagte Ula. »Mir kommt das alles wie ein Traum vor, aus dem ich jeden Augenblick erwachen kann.«

Und wieder zwang sie sich dazu, ihre Tränen zurückzuhalten.

Die Herzogin wollte vor dem Abendessen noch ein Bad nehmen, und bevor sie sich zurückzog, sagte sie:

»Ich brauche jetzt alle Ruhe, die ich bekommen kann, liebes Kind, denn sobald wir mitten in den Vergnügungen stecken, die für Sie arrangiert werden, möchte ich bei allen Bällen zugegen sein und alle Einladungen annehmen, mit denen man uns überhäufen wird.«

Ula lachte leise, und die Herzogin küßte sie auf die Wange und meinte:

»Überlassen Sie alles Drogo. Er liebt Herausforderungen, und es macht ihm großen Spaß, Pläne zu schmieden und wie ein General einen Feldzug vorzubereiten. Wir brauchen nur seine Anweisungen zu befolgen.«

»Sie sind beide so freundlich zu mir«, sagte Ula. »Gestern abend ging ich noch weinend zu Bett, weil Onkel Lionel mich geschlagen und Sarah mich an den Haaren gezogen hat. Ich..., ich wollte sterben. Aber jetzt will ich leben, weil alles so aufregend ist.«

»Genau das wird es für uns beide sein«, sagte die Herzogin lächelnd und ging in ihr Zimmer.

Später, kurz bevor der Marquis zum Dinner ging, kam er, um ihr eine gute Nacht zu wünschen.

Die Herzogin lag auf ihrem spitzengesäumten Kissen. Auf ihrem grauen Haar saß eine kleine Spitzenhaube, die ihr sehr gut stand. Man sah ihr immer noch an, daß sie früher eine Schönheit gewesen war. Zufrieden blickte sie zu ihrem Enkel auf.

In seinem Abendanzug sah der Marquis unerhört elegant aus. Statt der Kniehosen und den seidenen Strümpfen trug er lange, enganliegende schwarze Hosen, die der Prinzregent erfunden hatte. Sein Halstuch war mit großer Sorgfalt gebunden, und sein Frack mit den seidenen Aufschlägen war von Meisterhand geschneidert. Mit seiner modisch zur Seite gekämmten Frisur, die ebenfalls der Prinzregent eingeführt hatte, sah der Marquis so stattlich aus, daß die Herzogin sich fragte, wie ein Mädchen so töricht sein konnte, seine Gunst aufs Spiel zu setzen, so wie Lady Sarah es getan hatte. Sie bemerkte aber auch einen veränderten Ausdruck in seinem Gesicht, der ihr nicht gefiel. Er wirkte etwas hochmütig und arrogant.

Das verfluchte Mädchen, sagte sie zu sich selbst. Sie hätte die Möglichkeit gehabt, diesen Eigenschaften entgegenzuwirken, die ihm schadeten. Sie wußte, es würde lange dauern, bis er vergeben und vergessen würde.

Aber sie äußerte ihre Gedanken nicht laut, sondern sagte nur:

»Wie elegant du aussiehst, liebster Drogo. Kein Wunder, daß der Prinzregent eifersüchtig auf dich ist, nachdem er Jahr für Jahr dicker wird, während du offenbar immer schlanker zu werden scheinst.«

»Das kommt vom Training«, antwortete der Marquis. »Außerdem stopfe ich mich nicht jeden Abend voll, wie es jedermann im Carlton House tut.«

»Trotzdem ist dein Küchenchef am Berkeley Square ein vorzüglicher Koch«, erwiderte die Herzogin, »und ich freue mich auf die Mahlzeiten in deinem Haus.«

»Es wird mir eine Freude sein, dich zu bewirten«, erklärte der Marquis aufrichtig.

»Ist es wirklich dein Ernst, daß ich nur vierundzwanzig Stunden Zeit habe, um aus diesem Kind eine Sensation zu machen?« fragte die Herzogin.

»Man schmiedet das Eisen am besten, solange es heiß ist«, antwortete der Marquis, »und du mußt dir bewußt sein, daß der Graf keinen Anspruch erheben kann, Ula aufs Land zurückzuholen, sobald jedermann weiß, daß sie unter deiner Obhut steht.«

»Ich verstehe«, sagte die Herzogin. »Das darf niemals geschehen.«

Sie blickte ihn an und fügte hinzu:

»Robinson, meine Zofe, hat Ula beim Bad geholfen, und sie sagte, sie sei entsetzt gewesen, als sie die Striemen auf ihrem Rücken gesehen habe. Einige waren noch blutverkrustet von den Schlägen, die sie gestern abend erhalten hatte.«

Der Marquis runzelte die Stirn.

»Dann ist es also wahr, was sie erzählt hat.«

»Leider nur allzu wahr«, erwiderte die Herzogin. »Robinson sagte, Ula müsse sehr gelitten haben, nicht nur, als sie geschlagen wurde, sondern auch, weil die offenen Wunden an ihrem Kleid klebten, als sie es auszog.«

Die Herzogin sah befriedigt den Zorn in den Augen des Marquis.

Sie wußte, daß er Ulas Geschichte über die Schläge angezweifelt hatte, sie selbst hatte es ja auch nicht glauben können.

Aber jetzt bestand kein Zweifel mehr daran: Das Mädchen war schlimmer behandelt worden, als Kinder, die am Freitagabend von ihrem betrunkenen Vater traktiert wurden.

»Ich werde dafür sorgen, daß es Chessington-Crewe heimgezahlt wird«, versprach der Marquis.

»Und ich danke Gott, daß dir eine Ehe erspart blieb, die dich nicht nur unglücklich gemacht hätte, sondern noch zynischer und ohne Illusionen, als du es bereits bist.«

»Wer sagt, daß ich das bin?« fragte der Marquis barsch.

»Darauf lasse ich mich nicht ein«, erwiderte seine Großmutter. »Aber da du immer mein Lieblingsenkel warst, wünschte ich mir für dich stets, daß du das Glück finden mögest.«

»Ich habe keine Hoffnung, daß sich das als möglich erweist«, sagte der Marquis. »Aber ich bin bereit, mich mit einem gewissen Maß an Zufriedenheit abzufinden, und das schließt im Augenblick eine Ehe ganz gewiß nicht ein.«

Er küßte seine Großmutter auf die Wange und dann ihre Hand.

»Gute Nacht, Großmama«, sagte er. »Ich bin dir außerordentlich dankbar, daß du mit solchem Charme und solcher Anmut bei meinem Spiel mitmachst. Und was immer auch geschieht, du wirst entzückt sein, wenn du siehst, wie zwei verabscheuenswerte Menschen die Lektion erteilt bekommen, die sie verdienen.«

Er lächelte sie an und verließ das Zimmer.

Aber die Herzogin machte ein bekümmertes Gesicht, als sie noch eine Weile gedankenverloren die Tür betrachtete, durch die er gegangen war.

3

Der Marquis zog seine goldene Uhr aus der Westentasche.

»Es ist Zeit zum Dinner«, meinte er. »Du mußt Ula Pünktlichkeit beibringen.«

»Ich glaube, sie wird durch das neue Kleid aufgehalten, das ich ihr heute früh in der Bond Street gekauft habe«, erwiderte die Herzogin. »Ula hofft sehr, daß es dir gefällt.«

Der Marquis gab keine Antwort, und die Herzogin fuhr fort:

»Du hast sicher recht mit deiner Annahme, Drogo, daß sie eine Sensation auslösen wird, wenn sie morgen bei meinem Empfang erscheint und auf dem Ball, den du am Freitag gibst.«

Der Marquis schwieg immer noch, aber die Herzogin wußte, daß er zuhörte, und nach einem Augenblick fragte sie:

»Ich nehme an, du hast nichts von Chessington Hall gehört?«

»Weshalb sollte ich?« antwortete der Marquis. »Was können sie schon vorbringen? Sie können es nur für merkwürdig halten, daß ich Lady Sarah besuchen wollte und dann plötzlich verschwunden bin.«

»Sie müssen über dein Verhalten sehr verwundert sein.«

»Das hoffe ich«, erwiderte der Marquis grimmig.

Er sah noch einmal auf seine Uhr, und warf einen weiteren Blick auf die Sevres-Uhr, die auf dem Kaminsims stand. Er wollte sich vergewissern, daß er sich nicht in der Zeit irrte.

In diesem Augenblick ging die Tür auf und Ula erschien.

Die Herzogin erwartete, daß sie langsam und ein wenig befangen in dem neuen Kleid eintreten würde, das eines der schönsten war, das sie seit langer Zeit gesehen hatte.

Es war ein anstrengender Tag gewesen, auf der Suche nach Kleidern, die Ula paßten oder bei denen nur geringfügige Änderungen notwendig waren.

Als sie zum Nachmittagstee nach Hause zurückgekehrt waren, hatte sich die Herzogin in ihr Zimmer zurückgezogen und ausgeruht. Es war ihr schwergefallen, zum Dinner herunterzukommen.

Sie wollte sich jedoch auf keinen Fall die Miene ihres Enkels entgehen lassen, wenn er sah, daß sich das kleine Entchen, das er ihr gestern gebracht hatte, eindeutig in einen Schwan verwandelt hatte.

Die Herzogin selbst konnte kaum glauben, daß Ula das selbe Mädchen war, das ihr Enkel ihr schäbig gekleidet und mit unordentlichem blondem Haar vorgestellt hatte. Jetzt trug sie ein Kleid, das ihr perfekt paßte und die zarten Linien ihrer Figur betonte.

Das enge Mieder war mit den Accessoires geschmückt, die jetzt nach den langen Kriegsjahren wieder in Mode waren.

Das Kleid, bei dessen Auswahl sich die Herzogin so viel Mühe gegeben hatte, war aus weißem Flor und durchsetzt mit silbernen Fäden. Es war mit Schneeglöckchen verziert, auf denen Goldstaub glitzerte wie Tautropfen auf Blütenblättern. Sie schmiegten sich an den Chiffon, der den Halsausschnitt umrahmte, so daß Ula mehr denn je wie ein kleiner Engel aussah, der zwischen den flockigen Wolken an einem Sommerhimmel herunterlugte.

Ihr Haar fiel ihr nicht mehr unordentlich in die Stirn wie gestern, als der Marquis sie zum erstenmal gesehen hatte, sondern es war von dem berühmtesten Friseur gelegt worden, der die *beau monde* bediente. Als sein Werk vollendet war, hatte er entzückt ausgerufen, daß seine neue Kundin so schön sei wie die Jagdgöttin Diana.

Aber zur Überraschung der Herzogin versuchte Ula nicht, ihr Kleid zur Schau zu stellen, als sie den Salon betrat.

Statt dessen lief sie mit fast unwürdiger Hast auf den Marquis zu.

»Es tut mir leid. Es tut mir leid«, rief sie ein wenig atemlos. »Ich weiß, ich habe mich verspätet, aber Ihr Küchenjunge hat sich in die Hand geschnitten, und niemand wußte Rat, bis ich ihn mit Honig verbunden habe.«

Der Marquis sah sie erstaunt an.

»Mein Küchenjunge?«

»Ja, er hat sich in der Küche verletzt und weinte vor Schmerz. Als ich hörte, was geschehen war, mußte ich ihm helfen.«

»Sie waren in der Küche?« fragte der Marquis erstaunt.

»Willy – so heißt der Junge – geht es nun viel besser«, erklärte Ula. »Aber er hat Angst, Sie könnten ihn entlassen, weil er so ungeschickt war. Das werden Sie doch nicht tun, oder?«

Sie blickte ihn flehend an.

Es herrschte Schweigen.

Der Marquis wollte erklären, daß sich sein Sekretär

gewöhnlich mit dem Personal befaßte und er sich niemals einmischte.

Da er es aber unmöglich fand, auf Ulas Frage nicht einzugehen, antwortete er:

»Nein, natürlich nicht. Er konnte ja nichts dafür.«

Ula schrie vor Entzücken auf.

»Ich wußte, daß Sie das sagen würden. Ich muß Willy sofort beruhigen, damit er sich keine Sorgen mehr macht.«

Ohne eine Antwort abzuwarten, drehte sie sich um, lief aus dem Zimmer und ließ die Tür hinter sich offenstehen.

Der Marquis wandte sich der Herzogin zu und sah, daß sie lachte.

»Damen sollten nicht die Küche betreten und sich auch nicht um Küchenjungen kümmern«, sagte er ernst.

»Ich weiß«, antwortete die Herzogin, »aber Ula ist anders. Ganz anders, möchte ich hinzufügen, als diese Schönheit, mit der du dich einmal so intensiv abgegeben hast. Wie war doch gleich ihr Name? Ah, richtig, Lady Salford.«

Sie lachte und fügte hinzu:

»Du erinnerst dich doch: Nachdem sie einen Diener entlassen, und er sich die Kehle durchgeschnitten hatte, bemerkte sie nur: ›Ich hoffe, er hat den Teppich nicht verdorben.‹«

Die Mundwinkel des Marquis zuckten leicht, aber bevor er seiner Großmutter antworten konnte, kam Ula zurück.

»Er ist sehr dankbar«, sagte sie atemlos. »Er sagte: ›Ich wußte schon immer, daß Seine Lordschaft wirklich in Ordnung ist.‹«

Die Herzogin lachte.

»Du kannst kein besseres Kompliment erwarten, Drogo.«

»Das Dinner ist serviert«, verkündete der Butler von der Tür her.

Der Marquis half der Herzogin aus ihrem Stuhl und bot ihr seinen Arm.

Ula folgte ihnen zum Speisezimmer und dachte, daß alles noch viel aufregender war, als sie es sich vorgestellt hatte.

Wegen der ganzen Aufregung über den Küchenjungen hatte sie sogar ihr Kleid vergessen.

Als sie nun den Korridor hinabging, sah sie sich in einem der goldgerahmten Spiegel. Ihr Haar war unordentlich, und sie strich mit der Hand darüber, um es wieder in Ordnung zu bringen.

Im Speisezimmer vergaß sie wieder ihr Äußeres, denn sie bemerkte, wie eindrucksvoll der Marquis aussah, der am Kopfende des Tisches saß.

Sie war überrascht, als sie die polierte Platte ohne Tischtuch sah, eine Mode, die vom Prinzregenten eingeführt worden war, wie sie gehört hatte.

Herrlicher, goldener Tischschmuck stand auf dem Tisch, die Kandelaber trugen je sechs Kerzen, und Orchideen schmückten die Tafel. Es war alles sehr geschmackvoll. Alles um sie herum war schön, und sie genoß die Atmosphäre.

Zum erstenmal seit dem Tod ihrer Eltern spürte sie, daß man sie nicht verachtete oder ignorierte und daß sie von zwei sehr freundlichen und vornehmen Menschen wie ein Gast behandelt wurde.

Als wüßte der Marquis, was sie dachte, sagte er:

»Ich hoffe, alles findet Ihren Beifall.«

»Es ist genauso, wie Ihr Haus aussehen sollte«, erwiderte sie.

»Was meinen Sie damit?«

»Alles ist großartig, wie es Ihnen entspricht, und gleichzeitig ist es schön. Dieser Raum hat etwas Warmes und Freundliches an sich, wie übrigens das ganze Haus, und das habe ich seit über einem Jahr nicht mehr erlebt.«

»Drogo, ich glaube, das ist das hübscheste Kompliment, das man dir je gemacht hat«, meinte die Herzogin. »Und es ist wahr, ich selbst bin immer glücklich, wenn ich eines deiner Häuser besuche.«

»Danke«, sagte der Marquis, »und so soll sich auch Ula in Zukunft fühlen.«

»Es ist wunderbar für mich, daß ich es wiedergefunden habe«, erwiderte Ula.

Er wußte, daß sie an die glückliche Zeit mit ihren Eltern dachte.

»Nun müssen wir für den Ball Pläne schmieden«, sagte die Herzogin.

Ula hörte zu, als die Herzogin mit dem Marquis darüber sprach, wie viele Leute sie einladen, wie der Ballsaal geschmückt werden sollte, was sie zum Abendessen vorsetzen würden und welche Musikkapelle im Augenblick als die beste galt. Es kam Ula alles wie ein Traum vor. Sie sagte sich immer wieder, daß all diese Dinge wirklich geschahen. Tief in ihrem Innern saß die Angst, daß sie jeden Augenblick in Chessington Hall aufwachen könnte.

Der Marquis hatte vor, den Ball in jeder Hinsicht so eindrucksvoll und ungewöhnlich zu gestalten, daß Lady Sarah wütend werden würde, weil der Ball nicht zu ihren Ehren gegeben wurde.

Er hatte der Herzogin schon gesagt, daß er den Grafen und die Gräfin von Chessington-Crewe und Lady Sarah einladen wollte.

»Ist das klug?« hatte sie gefragt.

»Ich möchte ihre Gesichter sehen, wenn sie erfahren, daß der Ball für Ula gegeben wird.«

In den Augen des Marquis hatte ein fast grausamer Ausdruck gelegen.

»Die Rache ist nicht immer so süß, wie man hofft, Drogo.«

»Ich werde sie sehr süß finden, und um die Rache vollständig zu machen, muß Ula noch kostbarer und exquisiter gekleidet sein, als Lady Sarah es jemals war.«

»Ich werde mein Bestes tun«, hatte die Herzogin erwidert. »Meiner Meinung nach ist Ula zehnmal anziehender als Lady Sarah, die zwar eine klassische Schönheit ist, aber ›den bösen Blick hat‹, wie mein altes Dienstmädchen zu sagen pflegte.«

»Das weiß ich jetzt auch«, hatte der Marquis ihr zugestimmt.

Sie hatten nicht mehr darüber gesprochen, aber die Herzogin wußte, daß er immer noch wütend über sich selbst war, weil er sich von einem schönen Gesicht zu der Annahme hatte verleiten lassen, Lady Sarah liebe ihn und sei die passende Frau.

Die Herzogin wußte sehr wohl, wie viele Frauen ihren Enkel hatten heiraten wollen und wie viele ihn wirklich geliebt hatten.

Sie war sich auch bewußt, daß es eine bittere Erfahrung für ihn war, erkennen zu müssen, daß er sich zum Narren gemacht hatte.

Sie konnte nur hoffen, daß diese Erfahrung ihn

nicht noch skeptischer werden ließ, was die Liebe anbetraf.

Da sie Drogo mehr als jeden anderen ihrer Enkel liebte, hatte sie immer gewünscht, er möge ein Mädchen finden, das ihn um seiner selbst willen liebte und nicht wegen seines Titels und seiner großen Besitztümer.

Sie hielt es kaum für möglich, daß Lady Sarah sich nicht in ihn verliebt hatte wie offenbar alle ihre Geschlechtsgenossinnen.

Ihre Worte hatten ihm alle Illusionen genommen, so daß er besessen von dem Gedanken war, sich zu rächen.

Und wenn er seine Rache gehabt hatte, was war dann?

Es würde ihn wieder in die Arme verheirateter, eleganter Frauen treiben, die ihrer Ansicht nach viel zu viel von seiner Zeit, seinem Kopf und seinem Geld in Anspruch nahmen.

Die Herzogin erwähnte jedoch vor Ula nichts davon, als sie am nächsten Tag einkaufen fuhren.

Auf dem Heimweg, nachdem sie ihre Einkäufe in der Bond Street erledigt hatten, berührte Ula die Hand der Herzogin und sagte:

»Halten Sie es nicht für unschicklich, Ma'am, daß ich von Seiner Lordschaft so viel annehme? Ich bin sicher, Mama wäre schockiert. Aber da er davon überzeugt ist, daß ich ihm helfe, ist es vielleicht nicht falsch.«

»Zerbrechen Sie sich deswegen nicht den Kopf. Drogo macht sich seine eigenen Gesetze, und wenn er etwas wünscht, dann bekommt er es auch.«

Ihre Stimme klang freundlich, als sie fortfuhr:

»Sie brauchen nichts weiter zu tun, als sich daran zu freuen, mein Kind. Und denken Sie daran, daß Sie das Ebenbild Ihrer Mutter sind, die auf jedem Ball wie ein Stern leuchtete.«

»Ich werde nie so schön sein wie Mama«, sagte Ula. »Aber ich glaube, sie würde sich darüber freuen, daß ich Chessington Hall entronnen bin.«

Und sie fügte hinzu:

»Heute nacht wachte ich auf und weinte, weil ich dachte, Onkel Lionel schlüge mich.«

»Vergessen Sie ihn!« sagte die Herzogin energisch. »Es gibt keinen Grund, weshalb Sie sich noch vor ihm ängstigen sollten. Er wird sich von jetzt an nicht mehr in Ihr Leben einmischen.«

Eine Weile herrschte Schweigen, und dann fragte Ula sehr leise:

»Aber, was soll aus mir werden, wenn ich Seiner Lordschaft nicht mehr nützlich sein kann?«

»Ich habe darüber nachgedacht«, erwiderte die Herzogin. »Ich werde Drogo bitten, daß er Sie zu mir ziehen und bei mir leben läßt. Sie selbst werden es etwas langweilig finden, aber ich bin sicher, selbst wenn Sie nicht im Raventhorpe House wohnen, werden viele Ihrer Verehrer uns in Hampstead besuchen.«

Ula stieß einen Entzückensschrei aus.

»Ist das Ihr Ernst? Sind Sie sicher, daß Sie mich bei sich haben wollen? Geschieht das nicht nur aus Mitleid zu mir?«

»Ich hätte Sie wirklich gern in meiner Nähe«, erwiderte die Herzogin. »Aber ich habe das Gefühl, daß Sie bald heiraten werden.«

Ula schüttelte den Kopf, und die Herzogin sagte energisch:

»Natürlich werden Sie heiraten! Ja, ich würde es für eine Beleidigung halten, wenn nicht mindestens ein Dutzend begehrenswerte junge Männer an Ihre Tür klopfen und Ihnen ihre Herzen zu Füßen legen, nachdem ich Sie mit Hilfe meines Enkels in die Gesellschaft eingeführt habe.«

Ula lachte.

»Ich bin sicher, sie werden nichts dergleichen tun«, sagte sie, »aber es wäre sehr aufregend, wenn ich wenigstens einen Heiratsantrag bekäme.«

Bei dem Empfang am Nachmittag gab es keine Heiratsanträge.

Aber Ula, die ein sehr schönes Kleid trug, erhielt von den Bekannten der Herzogin viele Komplimente.

Die meisten von ihnen hatten schon ihre Mutter gekannt, und alle, ohne Ausnahme, erinnerten sich an die Sensation, die Lady Louise ausgelöst hatte, als sie am Abend vor ihrer geplanten Hochzeit davongelaufen war.

Vor dem Empfang hatte Ula ein wenig gefürchtet, einige Bekannte der Herzogin könnten ihre Mutter vielleicht kritisieren oder gar verurteilen, und in diesem Fall wäre es ihr schwergefallen, höflich zu ihnen zu sein. Aber alle sagten ihr, wie schön ihre Mutter gewesen sei. Und sie lobten ihre Tapferkeit, den Mann zu heiraten, den sie liebte, und nicht den Herzog, den ihr Vater für sie ausgewählt hatte.

»Sie war so ganz anders als die übrigen Mädchen ihres Alters«, meinte eine Dame, »und ich bin so sicher, meine Liebe, Sie ähneln ihr sehr.«

»Wodurch unterschied sie sich von den anderen Mädchen?« fragte Ula.

Die Dame überlegte, und meinte dann:

»Ich glaube, es lag daran, daß sie so gütig war und es uns deshalb trotz ihrer Schönheit schwerfiel, auf sie eifersüchtig zu sein.«

Sie lächelte und fügte dann hinzu:

»Sie war immer bereit, alles mit anderen zu teilen, sogar ihre Verehrer mit den Mädchen, die nicht so viele Tanzpartner hatten wie sie selbst. Man mußte sie einfach gern haben, weil sie so warmherzig und liebenswert war.«

Nach all den unfreundlichen Worten, die ihr Onkel und ihre Tante über ihre Mutter geäußert hatten, empfand Ula ein Gefühl von Wärme, wenn sie andere Menschen so gut über ihre Mutter sprechen hörte.

Sie sagte zu der Dame:

»Ich danke Ihnen vielmals für Ihre Freundlichkeit, ich wünschte nur, Mama könnte Sie hören. Sie wäre sehr stolz.«

Alle, mit denen Ula sprach, stellten die gleichen Fragen.

Ob ihre Mutter glücklich gewesen sei, wirklich glücklich? Ob sie es nicht bereut habe, davongelaufen zu sein?

»Mama und Papa waren die glücklichsten Menschen der Welt«, erwiderte Ula. »Und Mama sagte immer, sie danke Gott jeden Tag in ihren Gebeten dafür, daß er ihr Papa geschenkt habe und daß er sie tapfer genug sein ließ, mit ihm davonzulaufen.«

Nach dem Empfang erhielt die Herzogin ein Dutzend Einladungen zum Lunch und zu Abendessen, zu denen sie auch Ula mitbringen sollte.

»Sie waren ein Riesenerfolg, mein Kind«, meinte die

Herzogin, als der letzte Gast gegangen war und sie allein in dem mit Blumen gefüllten Salon saßen.

»Es war sehr liebenswürdig, daß alle Ihre Bekannten so freundlich über Mama gesprochen haben«, sagte Ula.

Sie sah die Herzogin an und fragte leise:

»Habe ich mich korrekt verhalten? Habe ich nichts falsch gemacht?«

Die Herzogin legte ihr eine Hand auf die Schulter.

»Alles, was Sie taten, war richtig, meine Liebe. Ich bin sehr, sehr stolz auf Sie.«

»Sind Sie sicher, ganz sicher«, beharrte Ula.

Die Herzogin wußte, daß Ula verunsichert worden war, weil man sie in Chessington Hall mißbraucht, geschlagen und gezwungen hatte, die grobe Kritik an ihren Eltern anzuhören.

»Sie müssen sich etwas von der Arroganz meines Enkels aneignen, mein Kind«, sagte die Herzogin, als sie den Salon verließen und die Treppe hinaufgingen. »Er ist überzeugt davon, daß er immer recht hat, und dies ist, glaube ich, ein Vorzug in dieser Welt.«

Ihre Stimme klang spöttisch, als sie hinzufügte:

»Besonders in einer Gesellschaft, in der alles kritisiert wird, was immer man auch tut oder sagt. Man darf sich dadurch nur nicht verletzen lassen.«

»Ich verstehe, was Sie meinen«, erwiderte Ula. »Aber ich kann unmöglich so hübsch oder so erfolgreich gewesen sein, wie Sie sagen.«

Die Herzogin lachte.

»Das ist nicht die richtige Einstellung, mein Kind. Sie müssen es lernen, die Nase zu heben und zu sagen: ›Wenn sie mich nicht so mögen, wie ich bin, dann müssen sie sich einfach mit mir abfinden.‹«

Auch Ula lachte.

»Ich zweifle daran, daß ich das jemals tun kann.«

»Worüber lacht ihr?« fragte eine Stimme hinter ihnen.

Sie blickten sich von der Treppe aus um und sahen, daß der Marquis die Halle betreten hatte.

»Wie war der Empfang?«

»Mußt du diese Frage stellen?« erwiderte die Herzogin. »Dein Schützling war ein Riesenerfolg. Aber Ula will nicht glauben, daß die Komplimente, die sie bekam, ganz und gar aufrichtig gemeint waren.«

Der Marquis blickte in Ulas gerötetes Gesicht, das über das Treppengeländer hinweg auf ihn herabsah. Er war sich sicher, in ganz London keine weitere Frau zu finden, die Ulas einzigartigen Reiz besaß. Und er gestand sich ein, geschickt gewesen zu sein, daß er ihre Möglichkeiten erkannt hatte, als er sie auf der Straße aufgelesen hatte.

Der Marquis ging in sein Arbeitszimmer und dachte befriedigt daran, wie er gerade die Mitglieder im White's Club neugierig gemacht hatte. Er war in den Kaffeeraum gegangen und hatte sich an das berühmte Bogenfenster gesetzt, von dem aus man auf die St. James's Street hinaussah, weil dies sein anerkanntes Recht war. Diesen Platz hatte früher der berühmte Beau Brummel eingenommen.

»Ich dachte, du bist auf dem Land, Raventhorpe«, bemerkte einer seiner Freunde.

»Ich bin zurückgekommen«, erwiderte der Marquis.

Er wußte, eine ganze Anzahl seiner engsten Freunde waren sich darüber im klaren, daß er nur deshalb aufs Land gefahren war, um Lady Sarah Chessington einen Besuch abzustatten.

Obwohl er nichts dergleichen erwähnt hatte, nahmen sie wie selbstverständlich an, er beabsichtige, Lady Sarah einen Heiratsantrag zu machen.

Nun erwarteten sie von ihm zu hören, wann die Hochzeit stattfinden sollte, denn natürlich würde keine Frau eine solche Partie ausschlagen.

Wie der Marquis wußte, hatten in der letzten Woche bei White's die Wetten vier zu eins gestanden, daß er der schönen Lady Sarah einen Heiratsantrag machen würde.

Es herrschte Schweigen. Schließlich fragte jemand ein wenig zögernd, denn man wußte, wie ungern der Marquis über seine Privatangelegenheiten sprach:

»Ist irgend etwas geschehen, als du auf dem Land warst?«

»Ganz gewiß«, antwortete der Marquis. »Aber ich glaube, es wäre falsch, jetzt die Wahrheit zu erzählen.«

»Wozu diese Geheimnistuerei?«

»Es wird nicht lange ein Geheimnis bleiben«, antwortete der Marquis. »Ja, ich fand mich selbst ganz unerwartet in der Rolle eines Forschers, der ein bisher unbekanntes, kostbares Kleinod entdeckt hat.«

Der Marquis bemerkte sehr wohl, daß in die Augen seiner Freunde ein äußerst verwirrter Ausdruck trat.

Zwei von ihnen rückten ihre Stühle etwas näher an ihn heran und ein dritter, der kühner war als die anderen, fragte:

»Was meinst du damit – ein unbekanntes Kleinod?«

Der Fragesteller dachte offensichtlich, daß Lady Sarah zwar eine ›Unvergleichliche‹ und gewiß ein Kleinod war, aber nichts an ihr war unbekannt.

Ja, sie war während der letzten sechs Wochen der Schwarm aller Clubs in St. James's gewesen.

»Euch unbekannt und auch mir, bis ich es fand. Aber ich nehme an, danach suchen wir alle auf die eine oder andere Weise«, bemerkte der Marquis geheimnisvoll. »Es ist das, wovon die Dichter schwärmen, was die Künstler malen und worüber die Musiker komponieren.«

»Wovon, zum Teufel, sprichst du, Raventhorpe?« fragte sein Freund.

»Über die Schönheit«, erwiderte der Marquis. »Über die Schönheit, die noch unberührt und unverdorben ist und der man bis jetzt nicht gehuldigt hat.«

Es herrschte Schweigen.

Dann fragte ein anderer:

»Willst du uns damit sagen, du hast eine neue ›Unvergleichliche‹ gefunden, die bisher keiner von uns gesehen hat?«

»Ich hätte nicht gedacht, daß es euch so schwerfällt, ein klares Wort zu verstehen«, erwiderte der Marquis. »Wenn ihr mir nicht glaubt, schlage ich vor, ihr nehmt die Einladung an, die ihr morgen von meiner Großmutter, der Herzogin von Wrexham, erhalten werdet. Es handelt sich um einen Ball, der am Freitag abend in meinem Haus stattfindet.«

»Ein Ball?« rief jemand. »Für eine unbekannte Schöne? Wirklich, Raventhorpe, du hast immer neue Überraschungen bereit.«

Der Marquis stand auf.

»Ich bin froh darüber«, sagte er, »denn wenn ich eines unerträglich langweilig finde, dann ist es die unaufhörliche Wiederholung des immer Gleichen. Ein neues Gesicht wird Euch Neues zu reden geben.«

Mit diesen Worten ging er aus dem Kaffeeraum und ließ ein Stimmengewirr hinter sich zurück, das immer lauter wurde.

Er wußte, daß das, was er gesagt hatte, noch bis zum Ende des Abends in den Salons von London wiederholt werden würde.

Es würde ausgemalt werden durch Berichte von den älteren Herrschaften, die bei dem Empfang der Herzogin zugegen gewesen waren.

Die gesellschaftliche Welt würde schon lange vor dem Ball am Freitagabend voller Neugier sein.

Nur der Marquis mit seinem Organisationstalent konnte alles mit einer solchen Geschwindigkeit arrangieren.

Durch irgendwelche magischen Mittel, über die er zu verfügen schien, waren die Einladungen gedruckt und bis zum Lunch am nächsten Tag von seinen Dienern überbracht worden.

Glücklicherweise fand an diesem Abend kein anderer bedeutsamer Ball statt.

Und selbst wenn dies der Fall gewesen wäre, hätte wohl kaum jemand die Einladung des Marquis abgeschlagen, da die Neugier mit jeder Stunde wuchs.

Sobald die Klatschmäuler wußten, wer Ula war, wurde die Geschichte von der Flucht ihrer Mutter immer romantischer und aufregender.

In einer Gesellschaft, wo es das Ziel eines jeden Mädchens war, in ihrer ersten Saison einen Gatten von hohem Adel mit großen Besitzungen und einer angesehenen Stellung zu finden, war das, was Lady Louise getan hatte, unbegreiflich gewesen.

Sie hatte sich nicht nur geweigert, den Herzog von Avon zu heiraten, sie hatte dies im allerletzten Moment getan. Über fünfhundert Gäste waren damals zur Hochzeit eingeladen worden.

Die Kirche war geschmückt, der Erzbischof von Canterbury sollte das Paar trauen, und mehrere Mitglieder der königlichen Familie wollten anwesend sein.

Auf all dies zu verzichten und mit dem Hilfsgeistlichen der Gemeinde ihres Vaters davonzulaufen, war unbegreiflich.

Daniel Forde war der dritte Sohn eines angesehenen Landedelmannes gewesen, der keinen Grund hatte, sich seiner Herkunft zu schämen. Sein Vater war ein dritter Baronett gewesen, aber es war wenig Geld vorhanden.

Während Sir Matthew Forde für seinen ältesten Sohn vorsorgen konnte, der den Titel erben würde, und ebenso für seinen zweiten, der in ein nicht allzu teures Regiment eintrat, war für den dritten Sohn nichts übriggeblieben.

Deshalb hatte sich Daniel traditionsgemäß für den Kirchendienst entschieden, obwohl er lieber zur Marine gegangen wäre, wenn er die Wahl gehabt hätte.

Er sah nicht nur außergewöhnlich gut aus und war überaus charmant, sondern er war auch ein Mann mit einem großen Herzen und Verständnis für andere Menschen.

Deshalb wurde er ein bemerkenswert guter Geistlicher. Er liebte die Menschen um ihrer selbst willen und nicht wegen ihrer gesellschaftlichen Stellung.

Die Schwierigkeiten und Sorgen seiner Gemeinde wurden seine persönlichen Probleme, so daß er sowohl seinen Kopf als auch sein Herz einsetzte, um ihre Nöte auf die beste Weise zu lösen.

Es war ihm ganz unmöglich, mit Lady Louise nach Chessington Village zurückzukehren, nachdem sie davongelaufen waren.

Deshalb beriet sich sein Vater mit dem Bischof, der ein alter Freund von ihm war und der dafür sorgte, daß Daniel zum Vikar in einem kleinen Dorf in Worchestershire ernannt wurde.

Man nahm an, daß ihre Anwesenheit dort niemanden stören würde und ihr kompromittierendes Vorgehen bald vergessen wäre.

Es gab sehr wenig gesellschaftliches Leben in ihrer neuen Gemeinde, was Lady Louise gerade recht war, die mit dem Mann allein sein wollte, den sie liebte.

Sie waren sehr glücklich mit ihrem einzigen Kind. Doch als Ula älter wurde und ihre Mutter sah, wie hübsch sie war, fragte sie sich, wie es ihr jemals möglich sein sollte, den richtigen Mann kennenzulernen.

Es bestand keine Chance, daß ihre Familie ihr jemals vergab, und Daniels Vater war jetzt tot.

Daniels ältere Brüder bemühten sich, mit geringen Einkünften zu leben, um ihren Söhnen die kostspielige Ausbildung zu geben, die sie für nötig hielten.

»Wenn Ula nur eine einzige Saison in London mitmachen könnte«, hatte Lady Louise einmal zu ihrem Gatten gesagt.

Dann bedauerte sie es, daß sie darüber gesprochen hatte.

Es schmerzte ihn immer noch, wenn er daran dachte, daß er ihr so vieles vorenthalten hatte, als sie es vorzog, lieber ihn zu heiraten als den wohlhabenden und einflußreichen Herzog.

»Ich fürchte, meine Liebe, das einzige, was wir uns leisten können, ist eine Teegesellschaft auf dem Rasen und vielleicht ein paar Gäste zum Abendessen im Pfarrhaus.«

Louise lachte.

»Wen sollten wir dazu einladen?« fragte sie. »Du weißt, die meisten Leute hier in der Gegend stehen schon mit einem Fuß im Grab. Alle jungen Männer gehen nach London und fort aus der Stille des Landes, sobald sie alt genug dazu sind.«

Daniel Forde nahm seine Frau in die Arme und küßte sie.

»Ich liebe dich«, sagte er. »Ist das nicht genug?«

»Es ist alles, was ich mir gewünscht habe, und das habe ich auch bekommen«, antwortete Lady Louise leise. »Aber ich sprach von Ula, Liebling, nicht von mir.«

»Wir werden einfach darum beten, daß sich etwas ergibt«, erwiderte Daniel Forde optimistisch.

Dann küßte er seine Frau noch einmal, und sie schwieg.

Nach der Beerdigung ihrer Eltern hatte Ulas Onkel sie nach Chessington Hall gebracht.

Er beklagte sich die ganze Zeit über die Ausgaben, die er nun hatte, und daß er um keinen Preis die Erinnerungen an den Skandal wieder aufleben lassen wollte, indem er Ula seinen Bekannten vorstellte.

»Onkel Lionel, Sie freuen sich aber doch sicher, daß Mama so glücklich war?«

»Wenn sie es war, dann hätte sie es nicht sein dürfen«, erwiderte ihr Onkel grob. »Sie hat sich ungeheuerlich benommen, und obwohl Avon bald darauf heiratete, bin ich sicher, er hat ihr nie verziehen, daß sie ihn in einer so unerhörten Weise beleidigt hat.«

Das hörte Ula in den folgenden Monaten immer und immer wieder.

Es schmerzte sie jedesmal, wenn ihre Mutter beleidigt wurde, und sie widersprach ihrem Onkel und wurde dafür geschlagen.

Als er sie das erste Mal schlug, konnte sie es kaum glauben.

Ihr Vater hatte in seinem ganzen Leben niemals die Hand gegen sie erhoben oder sie als Kind bestraft. Er hatte nur ernst mit ihr gesprochen.

Als ihr Onkel fortfuhr, sie unter fadenscheinigen Gründen bei jeder Gelegenheit zu schlagen, wurde Ula klar, daß er immer noch erzürnt darüber war, daß er den Herzog von Avon nicht seinen Schwager nennen konnte. Und er empfand es als eine Demütigung, daß seine Schwester einen derartigen Skandal ausgelöst hatte.

Andererseits wußte Ula, daß die Gräfin sie deshalb nicht mochte, weil sie ihrer Mutter ähnelte.

Obwohl sie eine außergewöhnlich schöne Tochter zur Welt gebracht hatte, war die Gräfin selbst eine sehr unscheinbare Frau.

Die Schönheit in der Familie kam von Lady Louises Mutter, der Tochter des Marquis of Hull, die nicht nur sehr schön gewesen war, sondern auch sehr viel Charme und Güte besessen hatte.

Sarah wurde immer gesagt, daß sie ihrer Großmutter ähnlich wäre, und da Ula Porträts der Gräfin gesehen hatte, wußte sie, daß dies der Wahrheit entsprach.

Ihr eigenes Aussehen jedoch unterschied sich von dem Sarahs.

Ihre Haarfarbe glich der ihrer Großmutter, aber sie

hatte die Augenfarbe ihres Vaters, und obwohl sie es nicht wußte, auch seinen Charakter geerbt.

Daniel Forde hatte mit seiner Tochter von frühester Kindheit an so gesprochen, als wäre sie schon erwachsen.

Seine Lebensphilosophie, seine Freundlichkeit, sein Verständnis für andere Menschen hatten sich daher auf sie übertragen. Er hatte ihr seine Erfahrungen vermittelt und ihr bewußt gemacht, jeden Menschen zu achten.

Ula war deshalb schon als junges Mädchen für das innere Wesen anderer Menschen empfänglich gewesen und dies auf eine Art und Weise, die für ein Mädchen ihres Alters ungewöhnlich war.

Sie hatte gewußt, weshalb sie in Chessington Hall so haßerfüllt und grausam behandelt wurde.

Aber obwohl sie es verstanden hatte, konnte sie den Schmerz deshalb nicht leichter ertragen.

Abend für Abend hatte sie verzweifelt in ihre Kissen geweint und ihrem Vater und ihrer Mutter gesagt, wie unglücklich sie war und wie unerträglich sie es fand, daß sie sie allein gelassen hatten.

Sie mußte bei Menschen leben, die sie haßten und für Sünden bestraften, die sie selbst nicht begangen hatte.

»Rette mich, Papa, bitte rette mich!« hatte sie am Abend, bevor der Marquis nach Chessington Hall gekommen war, gefleht.

Und als es zu unerträglich geworden war, Sarahs Quälereien, die Schläge ihres Onkels zu erdulden und die Tatsache zu ertragen, daß man ihr so viel Arbeit auflud und sie bestrafte, wenn sie diese zu langsam ausführte, war sie davongelaufen.

Damals hatte ihr Vater ihre Gebete erhört und den Marquis geschickt, um sie zu retten.

Seit sie in London war, hatte sie ihm jeden Abend, bevor sie zu Bett ging, dafür gedankt.

»Wie hatte ich daran zweifeln können, daß Papa mich retten würde?« fragte sie sich jeden Morgen.

Als sie das Ballkleid anzog, das die Herzogin für sie gekauft hatte, war sie sicher, daß ihre Mutter sie von der anderen Welt aus beifällig betrachtete.

»Ich bin so glücklich, so überaus glücklich! Ich dachte, es würde nie wahr werden«, sagte sie sich am Freitagmorgen.

Als sie den Ballsaal gesehen hatte, der mit Blumengirlanden und rosaroten Kerzen in den Wandleuchtern und Kandelabern geschmückt war — man würde am nächsten Tag sicher darüber sprechen — sagte sie es wieder.

Wie sollte sie nicht glücklich sein, da sie ein weitaus schöneres Kleid trug, als sie sich jemals in ihren Träumen vorgestellt hatte?

Dann hatte der Marquis eine weitere Idee, die den Klatschmäulern etwas zu reden geben würde.

Er hatte in der Vorhalle einen kleinen Springbrunnen aufstellen lassen, aus dem statt gewöhnlichem Wasser ein köstliches Rosenwasser sprudelte.

»Wie einfallsreich von dir«, lobte die Herzogin.

»Ich muß ehrlicherweise gestehen, daß ich etwas ganz ähnliches in Paris gesehen habe, als ich dort bei der Besatzungsarmee war«, antwortete der Marquis. »Aber ich glaube, mein Springbrunnen ist eine Steigerung, denn aus dem Pariser Springbrunnen sprudelte Champagner.«

»Du hast recht, der Rosenduft ist für eine Debütantin passender«, stimmte die Herzogin zu.

Der Marquis hatte seine Fantasie ganz besonders im Hinblick auf die Dekorationen eingesetzt, um den Ball zum schönsten werden zu lassen, und somit alle Bälle der jüngsten Vergangenheit in den Schatten zu stellen.

Nicht nur die Kerzen waren rosarot, sondern auch der Blumenschmuck war rosarot und weiß, und die Köche hatten die Anweisung erhalten, das Abendessen in diesen Farben zuzubereiten.

Oben an der Treppe, die zum Ballsaal führte, standen große Schalen mit rosaroten und weißen Blumen.

Der Marquis hatte es arrangiert, daß um Mitternacht vom Dach des Hauses rosarote und weiße Ballons in den Garten hinunter schwebten, wo Lampions an den Bäumen hingen und die Wege zwischen den Blumenbeeten mit farbigen Glaslämpchen markiert waren.

Es war alles so schön, daß Ula glaubte, niemand würde ihr selbst Aufmerksamkeit schenken.

Aber das Kleid, das die Herzogin für sie bestellt hatte, war so ungewöhnlich und sensationell wie alles andere. Es war weiß, aber darunter trug Ula ein silbernes Unterkleid, das sich eng an ihren Körper schmiegte.

Am Saum des Kleides befand sich ein Besatz von Glasstaub und ebenso an dem elegant geschnittenen Mieder, das ihre Figur betonte und ihre weiße Haut zur Geltung brachte.

Jedesmal, wenn sie sich bewegte, schimmerte und glitzerte sie fast wie eine Fontäne, und Diamanten funkelten in ihrem blonden Haar und auf den Schuhen, die unter dem Saum ihres Kleides hervorsahen.

Sie glich einer Nymphe, die aus dem See emporgestiegen war.

»Sie sehen ganz entzückend aus, mein Kind«, sagte die Herzogin, als Ula den Salon betrat, wo sich die Gäste versammelten, die im Haus dinierten.

Ula sah zum Marquis hinüber, ob er ihr Beifall zollte, und sie bemerkte, daß er sie musterte.

Er selbst sah fürstlich aus. Er trug den Hosenbandorden und auf seinem Abendrock andere Auszeichnungen, die ihm nicht nur wegen seiner Stellung bei Hof verliehen worden waren, sondern auch wegen seiner Tapferkeit in der Schlacht.

Der diamantene Hosenbandorden und sein sorgfältig gebundenes Halstuch, sein dunkles Haar und seine breiten Schultern zeichneten ihn vor allen anderen aus.

»Sie sehen großartig aus!« sagte Ula impulsiv.

»Sie sollten warten, bis Sie meine Komplimente erhalten«, erwiderte der Marquis mit gleichmütiger Miene. »Das ist die Art, wie sich eine junge vornehme Dame und natürlich eine ›Unvergleichliche‹ verhalten würde.«

Ula sah einen Augenblick verwirrt aus, und die Farbe stieg ihr in die Wangen.

Dann erkannte sie, daß er sie geneckt hatte, und sie sagte:

»Ob vornehme Dame oder nicht, ich spreche die Wahrheit, und ich bin sicher, die meisten Ihrer Gäste und besonders die Damen werden eher Sie betrachten als mich!«

Der Marquis lachte.

»Heute abend sind Sie der Mittelpunkt«, sagte er. »Aber Sie müssen strahlen und dafür sorgen, daß alle Sie bemerken.«

»Sie jagen mir Angst ein«, erwiderte Ula. »Angenommen, ich enttäusche Sie, und Sie werden zornig?«

»Wenn das der Fall sein sollte, kann ich Sie immer noch im Springbrunnen ertränken.«

Sie lachte.

»Das wäre ein köstlicher Tod und gewiß sehr originell.«

»Sprechen Sie nicht vom Tod«, unterbrach sie die Herzogin, »das bringt Unglück. Heute abend sind wir alle sehr lebendig, und denken Sie daran, Ula, genießen Sie die Komplimente und seien Sie darüber nicht verlegen.«

»Ich werde nicht verlegen sein, nur ein wenig argwöhnisch, ob sie ehrlich gemeint sind.«

»Sie werden es sein«, sagte die Herzogin energisch. »Dessen können Sie sicher sein!«

Ula erhielt zahlreiche Komplimente, nachdem die ersten Gäste eingetroffen waren.

Sie bemerkte auch, daß man sie neugierig betrachtete.

Man wunderte sich darüber, daß der Marquis mit der Regel gebrochen hatte, niemals einen Ball in seinem eigenen Haus zu geben.

Sie hatte gehört, daß man allgemein erzählte, er würde so etwas niemals tun, weil er es nicht schätzte, wenn fremde Leute auf seinen Teppichen herumspazierten und in sein Privatleben eindrangen.

Als das Essen vorüber war und der Ball begann, konnte sie an nichts anderes denken als daran, wie herrlich es war und daß sie an alledem teilhaben durfte.

Während sie an der Seite des Marquis und der Herzogin die Gäste empfing, war es für jedermann offensichtlich, daß der Ball für sie gegeben wurde, und sie würde zweifellos das Gesprächsthema in den Clubs von St. James's sein.

Als ungefähr die Hälfte der Gäste eingetroffen war, sah Ula ihren Onkel die Treppe heraufkommen.

Sein verbissenes Gesicht und die scharfe Falte zwischen den Augen zeigten Ula unmißverständlich, daß er sehr verärgert war.

Ebensowenig entging ihr die zornige Miene ihrer Tante, und als sie Sarah erblickte, erkannte sie, wie wütend diese war.

Die Herzogin begrüßte ihre Verwandten zuerst.

»Wie reizend, Sie zu sehen«, sagte sie mit ihrer sanften Stimme und reichte der Gräfin und dann dem Grafen die Hand.

»Wir hatten schon lange nicht mehr das Vergnügen«, erwiderte ihr Onkel mürrisch.

»Wir werden später über die alten Tage sprechen«, sagte die Herzogin höflich.

Der Graf begrüßte den Marquis, während die Gräfin noch bei der Herzogin verweilte.

»Nett, Sie zu sehen, Chessington-Crewe«, sagte der Marquis freundlich.

»Ich habe Sie neulich vermißt, als Sie Chessington Hall besuchten«, erwiderte der Graf. »Was ist geschehen?«

»Oh, nichts besonderes«, sagte der Marquis leichthin. »Wir werden ein ander Mal darüber sprechen.«

Der Graf wandte sich Ula zu.

Einen Augenblick lang sah er sie finster an. Sein Blick war so zornig, daß sie instinktiv einen Schritt zurücktrat, als fürchte sie, er würde sie schlagen.

Dann ging er ohne ein Wort zu sagen weiter.

Die Gräfin begrüßte einen Augenblick später den Marquis und trat dann vor Ula. Sie mußte sich sehr beherrschen, als sie das teure, ungewöhnliche Kleid sah, die Eleganz, mit der Ulas Haar frisiert war, und ihren Augen entging auch nicht die Perlenkette, die die Herzogin dem Mädchen geliehen hatte.

Die Gräfin musterte Ula von oben bis unten, als wäre sie ein Wesen, das sie äußerst unangenehm fand, und dann ging sie, ebenso wie ihr Gatte, wortlos weiter.

Lady Sarah blieb vor dem Marquis stehen.

»Ich habe Sie sehr vermißt«, sagte sie leise.

»Ich bin entzückt, Sie heute abend zu sehen«, sagte der Marquis leichthin.

Er hätte sich dem nächsten Gast zugewandt, wenn Lady Sarah nicht seine Hand ergriffen hätte.

»Wann kann ich Sie sprechen?«

»Später an diesem Abend, hoffe ich«, erwiderte er.

Das war nicht die Antwort, die sie hatte hören wollen.

Er nahm energisch seine Hand zurück und reichte sie dem nächsten Gast, der bereits die Herzogin begrüßt hatte.

Lady Sarah blieb nichts anderes übrig, als einen Schritt weiterzugehen, so daß sie nun vor Ula stand.

Ihre Miene änderte sich sofort, und sie war nicht mehr schön, sondern beinahe häßlich in ihrem Zorn.

»Dafür bringe ich dich um«, zischte sie so leise, daß nur Ula sie hören konnte.

Dann ging sie weiter.

4

Die Kapelle spielte angenehm und melodiös, und der Ballsaal sah mit seinen rosaroten Kerzen bezaubernd aus.

Da Ula von jungen Männern belagert war, die darum baten, ihr vorgestellt zu werden, fand sie den Abend überwältigend. So hatte sie es sich in ihren Träumen vorgestellt, doch die Wirklichkeit war noch weitaus schöner.

Dabei war sie sich den ganzen Abend über des Hasses ihres Onkels, ihrer Tante und Sarahs bewußt, der durch den Saal hinweg zu ihr zu dringen schien.

Sie versuchte, nicht in ihre Richtung zu blicken, aber wenn sie es tat, dann war sie froh, daß Sarah von Verehrern umgeben war, so daß sie sich in dieser Hinsicht nicht beklagen konnte.

Trotzdem verdarb ihre Anwesenheit Ula den Abend, obwohl sie sich sagte, daß es undankbar war, so zu denken.

Sie genoß jeden Tanz und war nur enttäuscht darüber, daß der Marquis sie nicht zum Tanzen aufforderte.

Er hatte ihr jedoch schon vor dem Ball erklärt, daß er nur dann tanzte, wenn er es nicht vermeiden konnte.

»Manchmal geschieht es aus Pflichtgefühl«, hatte er gesagt. »Ich spiele lieber Karten, und das werde ich auch tun, wenn es möglich ist.«

Trotzdem bemerkte Ula, daß er ein aufmerksamer

und charmanter Gastgeber war, und nachdem der Prinzregent eingetroffen war, konnte er seinen Pflichten nicht mehr entrinnen.

Als Ula dem Prinzregenten vorgestellt wurde und einen tiefen Knicks machte, wünschte sie, ihre Mutter könnte sie sehen und wissen, daß sie endlich alles erreicht hatte, was sie sich erträumt hatte.

»Wie ich höre, sind Sie die neue ›Unvergleichliche‹«, sagte der Prinzregent mit seiner heiseren Stimme, aber mit einem unwiderstehlichen Lächeln.

»Ich fürchte, Sire, Ihre Informanten haben etwas übertrieben«, antwortete Ula.

Der Prinzregent fand ihre Antwort amüsant und lachte.

»Sind Sie wirklich so bescheiden?« fragte er. »Sie dürfen mich nicht anlügen, denn Sie sehen wie ein kleiner Engel aus, der immer die Wahrheit sagt.«

»Das dachte ich auch schon, Sire«, bemerkte der Marquis, der neben ihm stand.

»Wenn Sie mich wiederum geschlagen haben, Drogo, dann werde ich sehr ärgerlich«, sagte der Prinzregent.

Als glaubte sie, er meinte es ernst, sagte Ula rasch:

»Sire, ich bin sicher, niemand kann Sie übertreffen, da die originellen Ideen Eurer Königlichen Hoheit in bezug auf die Kunst doch im ganzen Land bekannt sind.«

Da es dem Prinzen schwergefallen war, den Beifall seiner Freunde für den Kauf der holländischen Gemälde und einiger Skulpturen zu finden, die noch nicht in Mode waren, war er entzückt.

»Ich sehe, Miß Forde, daß ich Sie ins Carlton House einladen muß, damit Sie meine Neuerwerbungen kennenlernen. Und ich kann nur hoffen, daß Sie diese besser oder mindestens ebenso interessant finden wie diejenigen, die Raventhorpe bereits erworben hat.«

Ula lachte, denn sie wußte, daß der Prinz den Marquis schätzte, aber auch ein wenig eifersüchtig auf ihn war.

»Sire, ich hoffe, Sie vergessen das Versprechen nicht.«

»Ich versichere Ihnen, das werde ich nicht tun«, erwiderte der Prinzregent galant.

Als er wegging, um mit einem anderen Gast zu sprechen, warf Ula dem Marquis einen Blick zu. Er schien mit ihr zufrieden zu sein.

Ein kleiner Freudenschauer überlief sie, weil sie eine sehr wichtige Prüfung bestanden hatte.

Dann sah sie den Haß in den Augen ihres Onkels, der sie von der anderen Seite des Ballsaals aus beobachtete, und es war wie eine kalte Dusche, die ihr Gefühl der Freude auslöschte.

Sie eilte zur Herzogin.

»Da sind Sie ja, mein Kind«, sagte diese, als Ula sich ihr näherte, denn sie spürte, daß das Mädchen Schutz suchte. »Ich fragte mich schon, wo Sie stecken. Seine Hoheit, Prinz Hasin von Kubaric, möchte Sie unbedingt kennenlernen.«

Ula wußte sofort, über wen die Herzogin sprach, denn der Marquis war sehr ärgerlich gewesen, als der türkische Botschafter nachfragen ließ, ob er Seine Hoheit zum Ball mitbringen dürfe.

»Es kommen sowieso schon zu viele Leute«, hatte der Marquis gesagt, als er den Brief des Botschafters las. »Aber ich glaube, ich kann seine Bitte unmöglich abschlagen.«

»Es hätte wahrscheinlich sehr unangenehme Folgen, wenn du das tun würdest«, hielt die Herzogin entgegen. »Ich nehme an, der Prinz wohnt in der türkischen Botschaft, und dem Botschafter, der wirklich ein netter Mann ist, bleibt nichts anderes übrig, als ihn zu jeder Unterhaltung, die in London stattfindet, mitzunehmen.«

Deshalb schickte der Marquis dem türkischen Botschafter unwillig eine Karte, auf der es höchst unaufrichtig hieß, Prinz Hasin wäre ihm auf dem Ball willkommen.

Da Ulas Vater sich sehr für die Staaten des Ostens interessiert hatte, wußte sie, ohne daß man es ihr sagen mußte, wo Kubaric lag.

Es war ein kleiner, sogenannter unabhängiger Staat und grenzte an Afghanistan. Wie sie sich erinnerte, besaß er große Reichtümer an Edelsteinen, die zum größten Teil noch nicht abgebaut worden waren.

Von ihrem Vater wußte sie, daß der regierende Prinz im großen Stil lebte, seine Untertanen aber ein armseliges Leben führten.

Deshalb sah Ula den Prinzen interessiert an, als die Herzogin sie ihm vorstellte.

Er war ein Mann von etwa vierzig Jahren, etwas beleibt vom guten Leben, und sein Gesicht, das in jüngeren Jahren gut ausgesehen haben mochte, zeigte nun Spuren der Ausschweifungen.

Sie nahm an, daß er unter anderem auch Drogen genommen hatte, was in jenem Teil der Welt nicht unüblich war, wie sie wußte.

Als ihre Blicke sich trafen, fühlte sie, daß er nicht nur abstoßend war, sondern auf irgendeine Weise, die sie nicht genau definieren konnte, auch gefährlich.

Sie war sich dessen sehr sicher, als er ihre Hand ergriff und sie einen tiefen Knicks machte. Er strahlte etwas sehr Unangenehmes aus.

Sie wollte ihn sofort verlassen, aber dies war unmöglich, ohne unhöflich zu erscheinen. Er legte seinen Arm um sie und führte sie auf die Tanzfläche.

Die Kapelle spielte einen Walzer, der erst kürzlich von der Frau des russischen Botschafters, der charmanten Fürstin von Lieven, in England eingeführt worden war.

Einige der älteren Gäste mißbilligten diese Musik jedoch, da sie den Tanz für zu intim hielten.

Ula blieb nichts anderes übrig, als sich von dem Prinzen bei den Klängen der romantischen Musik auf die Tanzfläche führen zu lassen.

Sie war sich auf unangenehme Weise bewußt, daß er sie enger an sich zog, als es ihre anderen Tanzpartner getan hatten, und daß seine tiefe Stimme ein unangenehmes Gefühl hervorrief, das sie nicht ergründen wollte.

»Sie sind sehr schön, Miß Forde.«

Ula antwortete nicht, und er fuhr fort:

»Sie sind zurückhaltend und sehr reserviert, wie so viele englische Damen. Oder liegt hinter diesen funkelnden Augen ein Feuer, von dem ich möchte, daß es für mich brennt?«

Mit Mühe gelang es Ula zu sagen:

»Es fällt mir schwer, dem zu folgen, was Eure Hoheit meinen. Ich fürchte, einen falschen Schritt zu machen, denn ich habe noch nicht oft Walzer getanzt.«

»Wenn ich einer der ersten bin, der mit Ihnen Walzer tanzt«, sagte der Prinz mit tiefer Stimme, »dann würde ich mir auch wünschen, der erste zu sein, der

Sie küßt, der erste Mann zu sein, der in Ihnen die Freuden der Liebe weckt.«

Ula versteifte sich und versuchte nicht, dem Prinzen eine Antwort darauf zu geben.

Nach einem Augenblick sagte er:

»Wie ich höre, ist Ihr Onkel der Earl of Chessington-Crewe. Ich habe ihn auf dem Rennplatz kennengelernt.«

Ula dachte, dies sei ein sicherer Boden, und sie fragte rasch:

»Besitzen Eure Hoheit Pferde?«

»Nicht in diesem Land, aber ich baue in Kubaric ein Gestüt auf.«

»Wie interessant«, sagte Ula.

»Ich würde Ihnen gern meine Pferde zeigen«, erwiderte der Prinz, »und dazu noch viele andere Dinge.«

In der Art, wie er sprach, lag etwas für sie Beunruhigendes, aber zu Ulas Erleichterung endete die Musik, und er folgte ihr, als sie rasch zur Herzogin hinüberging, die sich mit einigen älteren Herren unterhielt.

Ula machte einen Knicks und sagte:

»Ich danke Eurer Hoheit.«

»Sie werden wieder mit mir tanzen.«

Es war eher eine Feststellung als eine Frage.

»Ich fürchte, dies wird nicht möglich sein«, antwortete Ula rasch. »Eure Hoheit werden wissen, daß der Ball zu meinen Ehren gegeben wird, und meine Karte ist bereits voll.«

In seine halb geschlossenen Augen trat ein Ausdruck der sie verlegen machte und ihre Abneigung gegen ihn noch verstärkte.

»Ich werde Sie nicht vergessen, Miß Forde«, sagte

er, nahm ihre Hand, die sie ihm hinhielt, und hob sie an die Lippen.

Da Ula attraktive fingerlose Handschuhe aus feiner Spitze trug, spürte sie seine Lippen dick, warm und sinnlich auf ihrer Haut.

Ihr schauderte vor Ekel, als hätte ein Reptil sie berührt.

Dann ließ er sie nach einer langen Zeit los, und zu ihrer Erleichterung stellte sie fest, daß der Marquis neben ihr stand.

»Weshalb haben Sie mit dem Prinzen getanzt?« fragte er scharf, aber so leise, daß nur sie es hören konnte.

»Ich, ich konnte nichts dagegen tun«, antwortete sie. »Aber bitte, lassen Sie ihn nicht mehr in meine Nähe kommen. Er ängstigt mich.«

Sie blickte zu ihm auf, während sie sprach, und sah einen zornigen Ausdruck in seinen Augen.

»Diese Kreatur hätte niemals hierherkommen dürfen«, sagte er. »Er ist nicht der Mann, mit dem Sie sich abgeben sollten.«

Ehe er dem etwas hinzufügen konnte, trat ihr nächster Tanzpartner neben sie, ein junger Mann aus der Gardekavallerie.

Als sie mit ihm die Quadrille tanzte, war es eine Wohltat, daß sie nicht eng in den Armen eines Mannes gehalten wurde, den sie auf den ersten Blick verabscheute.

Trotzdem bemerkte Ula während des ganzen Abends, daß der Prinz sie beobachtete.

Sie wurde befangen und hatte das Gefühl, seinen begierigen Blicken ebensowenig entgehen zu können wie denen ihres Onkels, ihrer Tante und Sarahs.

Der Ball endete um drei Uhr früh, nachdem der

Marquis trotz der Proteste der Gäste, die gern weitergetanzt hätten, der Kapelle ein Zeichen gab, und diese daraufhin die Nationalhymne spielte.

»Es war ein wunderschöner Abend, es kann doch nicht sein, daß er schon zu Ende ist«, beklagte sich eine hübsche Dame, in deren dunklem Haar eine Fülle von Rubinen glitzerten.

»Sie brauchen noch nicht Ihren Schönheitsschlaf, Georgina«, erklärte der Marquis, »aber meine Großmutter strengen lange Abende sehr an.«

Die Dame namens Georgina schob schmollend ihre Lippen vor.

Die Art, wie sie den Marquis ansah, zeigte Ula, daß sie in ihn verliebt war.

Sie war die einzige der vielen schönen Frauen, die Ula aufgefallen war, denn sie hatte ihn den ganzen Abend angehimmelt, ihre Hände auf seinen Arm gelegt und ihr reizendes Gesicht mit leuchtenden Augen zu ihm emporgehoben.

Und es ist kein Wunder, daß sie ihn unwiderstehlich findet, da er so stattlich und so überaus freundlich ist, dachte Ula.

»Ein wunderbarer Abend, Drogo«, sagte die Herzogin, als der letzte Gast sie verlassen hatte und sie langsam durch die Halle auf die Treppe zuging.

»Hast du dich nicht überanstrengt?« fragte der Marquis.

»Ich bin sehr müde«, erwiderte die Herzogin, »aber auch in Hochstimmung wegen des großen Erfolgs, den Ula hatte. Jedermann, bis auf drei Gäste, sagte mir, wie bezaubernd sie sei, und deine Freunde haben mir versichert, daß sie jede bisherige Schönheit in den Schatten stellt.«

»Ich kann es wirklich kaum glauben«, sagte Ula. »Trotzdem bin ich sehr froh, daß ich Sie nach all der Mühe, die ich Ihnen gemacht habe, nicht enttäuschte.«

Sie sah den Marquis an und fügte hinzu, so als ob sie sich vergewissern wollte:

»Sie... sind doch nicht... enttäuscht?«

»Natürlich nicht«, meinte er aufrichtig. »Sie waren genau so, wie ich es mir gewünscht habe.«

Sie wußte, daß er an die vorwurfsvolle Miene ihrer Cousine Sarah dachte. Als diese sich von ihm verabschiedete, hatte Ula sie sagen hören:

»Ich bin sehr verletzt darüber, daß Sie Chessington Hall verlassen haben, ohne mich zu sehen.«

»Ich hörte dort etwas, was mich zum Gehen veranlaßte«, erwiderte der Marquis.

Einen Augenblick verstand ihn Lady Sarah nicht.

Dann wurde ihr aber die Bedeutung seiner Worte klar und ein verwirrter und zugleich besorgter Ausdruck trat in ihre Augen.

Sie wandte sich ab und ging rasch zu ihren Eltern, die eben den Ballsaal verließen.

Als Ula zu Bett ging, klang die Tanzmusik immer noch in ihr nach, und sie erinnerte sich noch einmal an den schönen Abend.

Da sie sich nur an die angenehmen Dinge erinnern wollte, zwang sie sich, nicht an die Feindseligkeit ihrer Verwandten zu denken.

Statt dessen erinnerte sie sich an die schmeichelhaften Worte ihrer Tanzpartner und am meisten an die Zustimmung, die sie in den Augen des Marquis gelesen hatte. Und sie dachte noch einmal daran, wie sehr sie Prinz Hasin verabscheute.

Die Herzogin und Ula schliefen lange aus. Der Marquis war zeitig aufgestanden und ritt wie gewöhnlich im Park aus.

Er traf einige seiner Freunde und alle erklärten ihm, daß der Ball der schönste gewesen sei, an dem sie je teilgenommen hätten, und daß es für jeden anderen unmöglich wäre, ihn in den Schatten zu stellen.

»Ihr schmeichelt mir«, sagte der Marquis.

»Ich weiß nicht, wie Sie es fertiggebracht haben, Raventhorpe«, bemerkte einer der Herren zu Pferde, »aber es ist zwecklos, Sie übertrumpfen zu wollen, wenn Sie zu unserem Ergötzen einen Engel vorzeigen, der nur für Sie vom Himmel gefallen zu sein scheint.«

Darüber entstand lautes Gelächter. Dann meinte ein anderer:

»Der Prinzregent trifft den Nagel immer auf den Kopf. Miß Forde sieht wirklich wie ein Engel aus, und der richtige Platz für sie wäre ein Schrein in deiner Halle in Raven, wo wir alle Kerzen vor ihr anzünden könnten.«

Darüber lachte niemand, und als die Herren davonritten, dachte der Marquis befriedigt, daß er als erster gefunden hatte, daß Ula wie ein Engel aussah, als er sie in seinem Wagen mitgenommen und ihr geholfen hatte, von Chessington Hall zu fliehen.

Er wußte genau wie Ula, daß der Graf und die Gräfin am vergangenen Abend über Ulas Erfolg wütend gewesen waren.

Sie hatten in dem strahlend schönen Mädchen, das jedermanns Aufmerksamkeit erregte, kaum das armselige Kind wiedererkannt, das sie so übel behandelt hatten, bis es ihre Grausamkeit nicht länger ertragen konnte.

Er war sicher, daß sie sich fragten, wie er sie kennengelernt hatte und wie sie über Nacht in die junge Frau verwandelt worden war, über die nun die ganze *beau monde* voller Bewunderung sprach.

Der Marquis beglückwünschte sich, denn er hatte das Gefühl, einen Coup gelandet zu haben, der noch befriedigender war, als wenn er ein klassisches Rennen gewann.

Er wußte, daß sich der Graf nur mit größter Mühe zurückgehalten hatte, ihm die quälende Frage zu stellen, wie er Ula kennengelernt hatte.

Sarahs offenkundiger Ärger darüber, daß er während des ganzen Balls nicht in ihre Nähe gekommen war, freute ihn ebensosehr, wie wenn er eine große Summe an den Kartentischen gewonnen hätte. Er war glücklich, daß aus dieser Bindung nichts geworden war.

Niemals wieder würde er seine Freiheit in Gefahr bringen und sein ungebundenes Leben dadurch aufs Spiel setzen, daß er heiratete.

Es gab Vettern, die seine Aufgaben übernehmen konnten und wenn er keinen Erben hinterließ, konnte ihm dies nach seinem Tode gleichgültig sein.

»Ich werde niemals heiraten!« schwor er sich. »Und nie wieder werde ich so töricht sein, mich von einer Frau täuschen zu lassen!«

Die tiefen Falten in seinem Gesicht verliehen ihm einen zynischen Ausdruck, während er zum Berkeley Square zurückritt.

Wie erwartet, mußte er allein frühstücken, denn von beiden Damen war nichts zu sehen.

Er war recht befriedigt, aber er hätte sich noch wohler gefühlt, wenn er von der Szene gewußt hätte, die zwei Straßen weiter stattfand.

Sie spielte sich in der imposanten Residenz ab, die der Graf in der Erwartung gekauft hatte, seine Tochter würde der herausragende Erfolg der Saison sein, was sie zweifellos bis zum vergangenen Abend auch gewesen war.

Der Graf war schlechtgelaunt zum Frühstück heruntergekommen.

Er hatte zu viel von dem ausgezeichneten Champagner getrunken und noch mehr von dem hervorragenden Rotwein, mit dem Ergebnis, daß sein rechter Fuß, in dem er an Gicht litt, ihn schmerzte.

Er füllte sich gerade einen Teller mit Kalbsmilch und frischen Pilzen, als zu seiner Überraschung Sarah ins Zimmer trat.

»Du bist sehr früh auf, meine Liebe«, bemerkte er.

»Ich konnte nicht schlafen, Papa. Wie sollte ich auch?«

Sarah sah sehr blaß aus. Und da ihr langes Haar nicht frisiert war und sie ein unattraktives Hauskleid trug, sah sie nicht so schön aus wie sonst.

»Du hättest bis zum Lunch schlafen sollen«, meinte er mürrisch.

»Wie kann ich schlafen, wenn ich nur daran denken muß, wie sehr Ula sich gestern vergnügt hat. Und wie kann sie sich überhaupt ein solches Kleid leisten, das viel teurer gewesen sein muß als jedes Kleid, das du mir je gekauft hast?«

Ihre Stimme klang schrill, und der Graf erwiderte:

»Nach all den Gerüchten, die wir gehört haben, nehme ich an, daß sie der Schützling der Herzogin ist, weil diese ihre Mutter kannte. Jedenfalls werden wir bald noch mehr herausfinden.«

»Wie kam sie überhaupt zur Herzogin, nachdem sie davongelaufen war?« fragte Sarah. »Vielleicht hat der Marquis sie in seinem Wagen mitgenommen. Das ist sehr wohl möglich, Papa.«

Sie setzte sich an den Tisch und fuhr fort:

»Wenn du mir zustimmst, daß dies der Fall sein könnte, dann muß sie ihn irgendwie darum gebeten haben, und deshalb ist er so rasch wieder abgefahren.«

»Wenn ich mich recht erinnere«, überlegte der Graf düster, »sagte mir ein Diener, der Marquis habe die Halle verlassen, während du im Salon warst, und er sei direkt in den Stallhof gegangen. Es gibt keinen Grund, weshalb er lügen sollte.«

Sarah saß kerzengerade auf ihrem Stuhl.

»Willst du damit sagen, der Marquis ist aus dem Nebenzimmer gekommen?«

»Das hat Henry mir erzählt«, erwiderte der Graf. »Und ich wüßte wirklich nicht, weshalb der Junge nicht die Wahrheit sagen sollte, so einfältig er sonst auch ist.«

»Ich habe Newman eindeutig Anweisungen gegeben, er solle den Marquis in die Bibliothek führen, bis ich bereit bin, ihn zu empfangen«, erinnerte sich Sarah.

Sie dachte einen Augenblick nach und fuhr dann fort:

»Olive und ich unterhielten uns im Salon. Wäre es möglich, Papa, daß der Marquis unsere Unterhaltung mitangehört haben könnte, während er im Nebenzimmer war?«

»Gab es irgendeinen Grund, weshalb euer Gespräch ihn verärgert haben könnte?«

»Allerdings.«

Dann stieß Sarah einen kleinen Schrei aus.

»Jetzt weiß ich, warum er so schnell wieder abgefahren ist! Oh, mein Gott, Papa, du wirst etwas unternehmen müssen! Du mußt ihn daran hindern, sich weiterhin um Ula zu kümmern, denn das tut er nur, um mich zu bestrafen.«

»Ich verstehe dich nicht«, sagte ihr Vater.

»Keinen Augenblick länger glaube ich an die Geschichte, daß die Herzogin von Wrexham Tante Louise so sehr liebte, daß sie nun ihrer Tochter helfen will.«

Die nächsten Worte schrie sie fast.

»Der Marquis steckt hinter alledem! Der Marquis nimmt Rache an mir!«

»Wenn das wahr ist«, sagte der Graf, dem es schwerfiel, den Gedankengängen seiner Tochter zu folgen, »dann drehe ich dir den Hals um, weil du den reichsten und angesehensten Schwiegersohn, den ich jemals hätte bekommen können, vor den Kopf gestoßen hast.«

»Ich lasse nicht zu, daß Ula meinen Platz als dem schönsten Mädchen von England einnimmt!« schrie Sarah. »Ich erlaube ihr nicht, schönere Kleider zu tragen als ich. Ich will nicht, daß zu ihren Ehren exklusivere Bälle gegeben werden, und jedermann, der bisher für mich geschwärmt hat, nun Ula anhimmelt.«

Ihre Stimme wurde noch schriller, als sie sagte:

»Ich dulde das nicht, Papa! Hörst du? Ich dulde es nicht!«

Der Graf starrte sie an. Er schien nicht zu begreifen,

worum die ganze Aufregung ging, und dann brach Sarah in Tränen aus.

Die Herzogin und Ula nahmen zusammen den Lunch ein.

»Ich denke, es ist nicht gut, mein Kind, wenn wir nach solch einem langen Ball eine der vielen Einladungen annehmen, die wir für heute bekommen haben«, sagte die Herzogin.

»Sie haben ganz recht. Und ich glaube, Sie sollten heute nachmittag ausruhen.«

»Was werden Sie in der Zwischenzeit tun?«

»Ich werde ein Buch lesen«, erwiderte Ula. »Als ich die Bibliothek Seiner Lordschaft zum erstenmal sah, bemerkte ich, daß mindestens zweihundert bis dreihundert Bücher darin stehen, die ich gerne lesen würde, und je eher ich damit beginne, um so schöner.«

Die Herzogin lachte.

»Sie sind viel zu entzückend, meine Liebe, um ein Blaustrumpf zu werden.«

»Das will ich auch nicht«, erwiderte Ula. »Papa war immer der Meinung, ein Mann wünsche sich mehr als ein hübsches Gesicht, wenn er für den Rest seines Lebens mit einer Frau zusammen sein will.«

»Sie sprechen von der Ehe«, sagte die Herzogin lächelnd. »Wie viele Heiratsanträge haben Sie gestern abend bekommen?«

»Sie werden es kaum glauben, und ich bin ganz sicher, daß sie es sich bis heute früh anders überlegt haben werden, aber nicht weniger als drei junge Männer fragten mich, ob sie sich Hoffnungen machen dürften.«

Die Herzogin lachte.

»Das hatte ich erwartet.«

»Ich kann nicht begreifen, daß ein Mann eine Frau heiraten möchte, mit der er nur einmal getanzt hat.«

»Die wenigsten Frauen sehen so reizend aus wie Sie, meine Liebe«, erwiderte die Herzogin. »Und ich bin sicher, die betreffenden Herren hatten alle Angst, ein anderer könnte vor ihnen zum Zuge kommen.«

Ula schwieg einen Augenblick, dann sagte sie:

»Es ist merkwürdig, aber jeder begann mit den Worten: ›Sind Sie verliebt?‹ Und wenn ich den Kopf schüttelte, sagten sie: ›Falls Sie nicht in den edlen Marquis verliebt sind, habe hoffentlich ich eine Chance.‹«

Die Herzogin lächelte, dann warnte sie eindringlich:

»Ich bitte Sie um eines, mein Kind, verlieben Sie sich nicht in Drogo.«

Ulas Augen weiteten sich.

»Weshalb sollte ich so etwas tun?«

»Weil Frauen unweigerlich nach dem verlangen, was sie nicht bekommen können«, erwiderte die Herzogin. »Viele Frauen haben alles in ihrer Macht stehende versucht, damit Drogo ihnen den an sich recht billigen, aber unsagbar wertvollen goldenen Ring schenkt.«

Sie sah Ula an und sagte dann noch eindringlicher:

»Ich bin ganz sicher, daß die sehr unangenehme Erfahrung, die mein Enkel mit Ihrer Cousine Sarah gemacht hat, ihn in seiner Absicht bestärkt hat, niemals zu heiraten.«

»Natürlich hat er recht, sofern er nicht wirklich eine Frau liebt«, antwortete Ula. »Es tut mir leid, daß Sarah ihn verletzt hat, und vielleicht macht es ihn noch zynischer, aber ich weiß, er wäre mit Sarah sehr unglücklich geworden.«

»Das ist mir jetzt auch klar«, erwiderte die Herzogin. »Wie so viele Männer ließ sich auch Drogo von ihrer Schönheit blenden.«

Sie seufzte und sagte dann wie zu sich selbst:

»Aber sie ist die einzige Frau, die er jemals hatte heiraten wollen. Und ich glaube, es wird lange dauern, bis er sich von dieser Enttäuschung erholt hat.«

»Das kann ich verstehen. Aber wie Papa oft sagte, die Zeit heilt viele Wunden. Und obwohl der Marquis verbittert und verletzt ist, bin ich sicher, daß er eine Frau finden wird, die er liebt und die ihn wiederliebt, denn er ist ein so wunderbarer Mensch, und die Liebe heilt alle Wunden am raschesten.«

Die Herzogin lächelte.

»Nur Sie können so etwas sagen, mein Kind. Aber jetzt müssen wir für Sie einen Gatten finden, den Sie lieben und der Sie nicht nur wegen Ihres hübschen Gesichtes liebt.«

Ula schwieg, und die Herzogin wußte, daß sie daran dachte, wie sehr ihre Eltern einander geliebt hatten.

Sie betete im stillen darum, daß das Kind nicht enttäuscht oder desillusioniert werden möge wie ihr Enkel.

Schon in den wenigen Tagen, die sie mit Ula verbracht hatte, war ihr klar geworden, daß Ula sehr verletzbar und sensibel war.

Sie muß den richtigen Mann finden, dachte die Herzogin, einen Mann, der sie beschützt und von allem fernhält, was ihre Reinheit und Güte verletzen könnte.

Die Herzogin war sich bewußt, daß Ula anders war als die meisten Mädchen ihres Alters, denn ihr Charakter und ihre Persönlichkeit waren ungewöhnlich weit entwickelt.

Ula ist wirklich außergewöhnlich, stellte die Herzogin fest.

Sie hatte bereits beschlossen, in ihrem Haus in Hampstead für sie zu sorgen und wenn möglich einen Gatten für sie zu finden, der sie glücklich machen würde, sobald der Marquis sie nicht mehr als Werkzeug für seine Rache an Lady Sarah benötigte.

Nachdem die Herzogin mitgeteilt hatte, sie würden an diesem Abend nur in kleinem Kreis speisen und lange vor Mitternacht zu Bett gehen, zog sie sich zur Ruhe in ihr Zimmer zurück, und Ula ging in die Bibliothek. Bei der großen Auswahl wußte sie gar nicht, wo sie anfangen sollte.

Sie hatte gerade ein Buch gefunden, das besonders interessant zu sein schien, weil es von Pferden handelte, als die Tür aufging und der Butler verkündete:

»Seine Hoheit, Prinz Hasin von Kubaric wünscht Sie zu sprechen, Miß.«

Ula erschrak und hätte das Buch beinahe fallenlassen.

Der Prinz betrat die Bibliothek und sah noch pompöser aus als am Abend zuvor.

Seine dunklen Augen taxierten sie im Tageslicht begierig.

»Ich bin entzückt, Sie allein anzutreffen«, sagte er, als der Butler die Tür hinter ihm geschlossen hatte.

Er kam auf sie zu.

Ula machte einen Knicks und sagte rasch:

»Ich fürchte, Hoheit, da Ihre Gnaden sich zurückgezogen hat, weil sie nach dem gestrigen Abend noch etwas müde ist, wäre es unschicklich, wenn ich in ihrer Abwesenheit Besucher empfinge.«

»Sie werden mich empfangen«, erwiderte der Prinz, »weil ich schon hier bin und weil ich mit Ihnen sprechen möchte, meine schöne Miß Forde.«

Ula preßte das Buch an sich, fast wie um sich zu beschützen.

»Ich bedaure, Hoheit, das ist unmöglich.«

»Dieses Wort gibt es in meinem Vokabular nicht«, erwiderte der Prinz.

Er trat noch einen Schritt näher und sagte:

»Lassen Sie mich Sie ansehen! Sie sind heute noch reizender als gestern abend, und nachdem ich Sie gefunden habe, meine kostbare Perle, habe ich nicht vor, Sie mir entgehen zu lassen.«

»Ich möchte Eure Hoheit nicht kränken«, sagte Ula, und ihre Stimme zitterte, »aber wenn Sie mich nicht verlassen, muß ich gehen.«

Sie trat zurück, während sie sprach, aber er ergriff ihr Handgelenk.

»Glauben Sie im Ernst, ich erlaube Ihnen, mich jetzt stehenzulassen?« fragte er amüsiert. »Ich finde Sie bezaubernd, auch wenn Sie sich mir widersetzen. Und da Sie so klein und gleichzeitig so hübsch sind, muß ich Sie lehren, meinen Befehlen zu gehorchen.«

»Bitte, fassen Sie mich nicht an«, sagte Ula und versuchte, ihm ihre Hand zu entziehen.

Aber er zog sie noch näher an sich, und dann nahm er ihr mit der anderen Hand plötzlich das Buch weg und warf es auf den Boden. Es war ihr klar, daß er vorhatte, sie zu küssen.

Mit einem Entsetzensschrei wehrte sie sich und versuchte verzweifelt, ihr Handgelenk freizubekommen.

Er lachte heiser, und sie wußte instinktiv, daß es ihn amüsierte und noch mehr erregte, weil sie ihm zu entrinnen versuchte.

»Lassen Sie mich los! Bitte, lassen Sie mich los!«

Ihre Stimme klang ängstlich.

»Das habe ich keineswegs vor«, erwiderte er bestimmt.

Unnachsichtig zog er sie mit scheinbar eisernem Griff noch fester an sich.

Sie schrie leise auf, als sein anderer Arm sie umfaßte.

Als er seinen Kopf zu ihren Lippen herunterbeugte, schrie sie wieder, und in diesem Augenblick ging die Zimmertür auf.

Eine Sekunde lang konnte sie kaum glauben, daß sie gerettet war, aber in der Tür stand der Marquis und sah den Prinzen sehr zornig an.

Nun lockerte sich sein Griff, und Ula konnte sich mit einer raschen Bewegung befreien.

Sie rannte zum Marquis und verbarg ihr Gesicht an seiner Schulter. Er legte seinen Arm nicht um sie, aber er spürte, wie ihr ganzer Körper zitterte.

Der Marquis wandte sich dem Prinzen zu und sagte mit harter Stimme:

»Ich glaube, Eure Hoheit müssen wissen, daß es meiner Großmutter wegen ihres Alters heute unmöglich ist, nach den Festlichkeiten der vergangenen Nacht Besucher zu empfangen.«

Der Prinz schwieg, aber als er den Marquis ansah, war es so, als forderten die beiden Männer einander heraus.

»Deshalb werden Sie verstehen«, fuhr der Marquis fort, »daß Sie versehentlich eingelassen wurden. Ich kann Eure Hoheit nur darum bitten, so freundlich zu sein und bei einer anderen Gelegenheit vorbeizukommen.«

»Ich wollte mit Miß Forde sprechen«, sagte der Prinz schließlich.

»Ich glaube, Eure Hoheit sind sich nicht im klaren darüber«, fuhr der Marquis mit derselben kalten Stimme fort, »daß in England junge Damen guter Herkunft Herren nicht allein empfangen, wenn keine Anstandsperson zugegen ist.«

Der Prinz war geschlagen und wußte es. Er lachte etwas gezwungen und meinte:

»Die englischen Traditionen! Das englische Protokoll! So ganz anders als die Sitten, die wir aus anderen Ländern kennen.«

»Genau!« erwiderte der Marquis. »Ich wußte, Eure Hoheit würden es verstehen.«

Der Marquis öffnete die Tür noch weiter, und obwohl der Prinz hochmütig auf sie zuging, war es zweifellos eine Demütigung.

Der Marquis schob Ula beiseite und folgte dem Prinzen.

»Eure Hoheit müssen mir erlauben, Sie zu Ihrer Kutsche zu begleiten«, sagte er.

Er schloß die Tür hinter sich, und als Ula in einen Sessel sank, hörte sie die beiden Männer den Korridor hinab zur Halle gehen.

Sie zitterte immer noch, und nur das Eingreifen des Marquis hatte sie vor dem völligen Verderben gerettet.

Sie haßte den Prinzen und fürchtete ihn, so wie sie in ihrem ganzen Leben noch niemanden gefürchtet hatte, nicht einmal ihren Onkel.

Sie war sicher, daß er böse war, und sie war ebenso sicher, daß er all das verkörperte, was schlecht und verworfen war. Sie hatte keine Beweise, aber ihr Instinkt warnte sie.

Der Marquis kam in die Bibliothek zurück.

»Wie konnten Sie eine solch kleine Närrin sein«, begann er.

Als Ula zu ihm aufblickte, schien sein Zorn zu verfliegen, und er sagte:

»Sie hatten den Prinzen offensichtlich nicht erwartet. So ist es doch, nicht wahr?«

»Ich hatte keine Ahnung, daß er mich besuchen würde«, antwortete Ula. »Ich... ich fand ihn schon gestern abend abstoßend, als ich mit ihm tanzen mußte. Und wenn Sie mich nicht gerettet hätten, dann hätte er mich geküßt.«

Das Entsetzen in ihrer Stimme war unüberhörbar.

Der Marquis stellte sich mit dem Rücken zum Kamin.

»Vergessen Sie ihn!« sagte er. »Ich hätte so vernünftig sein und die Bitte des türkischen Botschafters ablehnen müssen, den Prinzen gestern abend zu empfangen. Ich werde den Dienstboten Anweisungen geben, ihm künftig zu sagen, daß niemand zu Hause ist, wenn er wiederkommt.«

»Danke«, flüsterte Ula.

Nach einem Augenblick sagte sie:

»Es war töricht von mir, daß ich mich so ängstigte, aber ich wußte nicht, daß es Männer wie ihn gibt.«

»Leider gibt es eine Menge davon, und Sie müssen lernen, auf sich achtzugeben.«

»Ich... ich will es versuchen«, sagte Ula kleinlaut. »Aber ich muß daran denken, daß ich einem Mann wie dem Prinzen hätte begegnen können, als ich von Chessington Hall davongelaufen bin.«

»Prinz Hasin ist nicht die Sorte Mann, die Sie normalerweise treffen, sofern Sie nicht besonderes Pech haben«, sagte der Marquis. »Ich kenne seinen Ruf, und ich möchte noch einmal betonen, daß es ein Fehler von mir war, ihn gestern zum Ball einzuladen.«

»Es war ein wunderschöner Ball«, sagte Ula leise.

»Hat es Ihnen gefallen?«

»Mehr, als ich sagen kann. Ich werde den Ball niemals vergessen.«

»Ich hoffe, der Abend hat Ihrem Onkel und Ihrer Cousine eine Lektion erteilt, die sie ebenfalls nie vergessen werden.«

Das klang so bitter, daß Ula unwillkürlich sagte:

»Bitte, bitte sprechen Sie nicht so...«

»Warum nicht?«

»Weil es Ihrer unwürdig ist.«

Er sah sie erstaunt an, und sie erklärte:

»Sie werden es für vermessen und vielleicht für unverschämt von mir halten, aber Sie sind so großartig, so freundlich und so wunderbar, daß es Ihrer unwürdig ist, wenn Sie rachsüchtig und kleinlich sind.«

Sie sprach zögernd und stolperte ein wenig über ihre Worte. Dann fügte sie rasch hinzu:

»Ich drücke es nicht sehr gut aus, aber ich glaube, es ist die Wahrheit.«

Der Marquis sah sie lange an, dann ging er zum Fenster und blickte hinaus in den Garten.

Die Gärtner und einige Dienstboten entfernten gerade die Lampions von den Bäumen und sammelten die Glaslämpchen ein, die die Wege gesäumt hatten.

Der Marquis sah sie nicht. Er blickte zurück in die

Vergangenheit, in jene Zeit, in der er tatsächlich ein anderer Mensch gewesen war.

Damals war er jung und idealistisch gewesen und hatte, wie es seine Mutter ihn gelehrt hatte, geglaubt, er müßte in seiner Position allen, die ihm dienten, ein Vorbild dafür sein, was gut und edel ist.

Jetzt fragte er sich, ob er dieses Ideal verloren hatte. Dann hörte er hinter sich eine leise Stimme fragen:

»Sind Sie jetzt zornig auf mich?«

Er drehte sich um.

Ula sah ihn beklommen an.

»Ich bin nicht zornig«, erwiderte er ruhig. »Ich habe das unangenehme Gefühl, daß Sie recht haben.«

5

Ula erwachte mit einem Glücksgefühl.

Sie war nach einem ruhigen Abendessen mit der Herzogin und dem Marquis bald zu Bett gegangen.

Alle drei hatten über das, was sie am Abend zuvor erlebt hatten, viel gelacht.

Einer der Gäste hatte ein Weinglas unter den Springbrunnen gehalten und gesagt;

»Dieser Wein ist sicher köstlich!«

Als er dann einen großen Schluck aus dem Glas nahm, hatte er nicht gewußt, ob er ihn hinunterschlucken oder ausspucken sollte.

Im Garten hatte es amüsante Vorfälle gegeben, als mehrere Damen und Herren bei dem Versuch, die Ballons zu fangen, in die Blumenbeete gefallen waren. Dabei hatte das Kleid einer Dame Feuer gefangen, weil es mit einer Kerze in Berührung kam.

Es wurde sehr rasch gelöscht und versengte nur den Saum des Kleides, aber die Dame machte ein solches Aufhebens, als würde sie auf dem Scheiterhaufen verbrannt.

Sie lachten auch über die zahlreichen Komplimente, die man dem Marquis gemacht hatte.

Mehrere Bekannte der Herzogin mit heiratsfähigen Töchtern hatten ebenfalls versucht, den Ball zu loben, aber es war ihnen schwergefallen.

Nach dem Abendessen sagte die Herzogin:

»Nie habe ich deine Gesellschaft mehr genossen, Drogo, oder dich in besserer Stimmung gesehen.

Aber da ich alt bin, muß ich mich jetzt leider zurückziehen.«

»Natürlich mußt du dich ausruhen«, stimmte ihr der Marquis zu. »Ich glaube, morgen abend findet ein weiterer Ball statt, auf dem Ula ihre Stellung als ›Unvergleichliche‹ festigen muß.«

»Das wird sie ganz sicher tun«, erwiderte die Herzogin und tätschelte Ula liebevoll den Arm.

»Wirst du uns begleiten, Drogo?«

»Ich glaube nicht«, erwiderte der Marquis. »Ich werde erst spät am Abend nach London zurückkehren.«

»Wohin fährst du?« fragte die Herzogin.

»Nach Epsom«, erwiderte er. »Du hast sicherlich vergessen, daß morgen dort Renntag ist.«

»Oh, natürlich«, antwortete die Herzogin. »Und ich glaube, du wirst wie gewöhnlich alle wichtigen Rennen gewinnen.«

»Das hoffe ich sehr«, meinte der Marquis.

»Ich wollte, ich könnte mitkommen!« rief Ula impulsiv.

Der Marquis sah sie an und sagte:

»Daran habe ich noch nicht gedacht. Aber ein anderes Mal nehme ich Sie natürlich mit, besonders wenn ich sicher bin, daß meine Pferde gewinnen.«

»Das wäre wunderbar!« rief Ula.

Als sie das Speisezimmer verließen, hatte sie das Gefühl, daß er am nächsten Tag von einer der schönen Frauen begleitet werden würde, von denen er beim Ball umschwärmt worden war.

Er hatte nichts dergleichen erwähnt, und doch war sie dessen sicher und kam sich plötzlich verloren und einsam vor, als sei sie nirgendwo erwünscht.

»Du kommst also morgen nicht zum Abendessen?«

fragte die Herzogin, als sie durch den Korridor gingen.

»Nein«, antwortete ihr Enkel. »Ich esse bei den Cavendishs. Wenn ich also beim Ball nicht erscheine, weißt du, daß sich das Dinner länger hingezogen hat.«

»Ich verstehe«, antwortete die Herzogin. »Ula und ich dürfen uns nicht beklagen, denn du warst sehr großzügig, weil du heute abend mit uns gespeist hast. Ich glaube, du hast im Gegensatz zu uns nicht vor, heute früh zu Bett zu gehen.«

»Ich habe Seiner Königlichen Hoheit versprochen, noch im Carlton House vorbeizuschauen«, erwiderte der Marquis, »und danach habe ich noch einige andere Einladungen.«

Er sprach leicht spöttisch, und wieder war Ula sicher, daß die Einladungen von hübschen Frauen kamen, die ihn begierig erwarteten.

Sie ging mit der Herzogin die Treppe hinauf, und als sie deren Zimmer erreichten, sagte diese:

»Gute Nacht, mein Kind. Mein Enkel ist begeistert über Ihren gestrigen Erfolg, und er ist entzückt, wie schön Sie ausgesehen haben.«

»Fand er das wirklich?« fragte Ula sehnsüchtig.

»Er sagte mir heute früh, daß Sie seine Erwartungen übertroffen haben.«

Die Herzogin sah, wie Ulas Augen aufleuchteten und ihr Gesicht plötzlich strahlte.

Das Mädchen küßte die Herzogin zum Abschied und ging in ihr eigenes Zimmer.

Ich möchte nicht, daß dem Kind wegen Drogo das Herz bricht, dachte die Herzogin. Aber was kann ich dagegen unternehmen?

Als die Herzogin zu Bett gegangen war und ihr

Mädchen das Licht gelöscht hatte, schlief sie nicht sofort ein, sondern lag noch lange wach und sorgte sich um die beiden Menschen, die gerade in diesem Augenblick ihr Leben erfüllten.

Ula gingen noch einmal die Worte der Herzogin durch den Kopf, und sie dachte, daß alles andere keine Rolle spielte, solange der Marquis mit ihr zufrieden war.

Ich muß sehr, sehr vorsichtig sein, nahm sie sich vor, und alles tun, was er wünscht, und ich darf keinen Fehler machen.

Als sie ihre Gebete sprach, dankte sie Gott dafür, daß der Marquis rechtzeitig gekommen war, um sie vor dem Prinzen Hasin zu retten, und sie fügte die Bitte hinzu, den Prinzen nie wiedersehen zu müssen.

Man hatte ihr gesagt, sie brauche sich am Morgen nicht zu beeilen, sondern solle sich so lange wie möglich ausruhen.

Deshalb frühstückte sie im Bett. Es war ein Luxus, den sie noch nie erlebt hatte, ihr wurde aufgewartet und sie konnte tun, was ihr beliebte.

Während der letzten zwölf Monate in Chessington Hall hatte man von ihr erwartet, daß sie so früh wie ein Dienstbote unten erschien, denn es gab immer anstrengende Arbeiten für sie, die sie am Abend zuvor nicht mehr hatte erledigen können.

Nach dem Frühstück zog sie eines ihrer hübschen Kleider an, die die Herzogin für sie gekauft hatte.

Es war blaßblau wie der frühe Morgenhimmel und mit einer zierlichen Stickerei und einem dazu passenden Samtband verziert. Das Kleid war nicht nur sehr hübsch, sondern auch außergewöhnlich elegant.

Als Ula gegen elf Uhr die Treppe hinabging, nahm

sie einen hübschen Schal mit. Sie wollte in den Garten gehen und wußte nicht, wie warm die Sonne schien.

Als sie unten ankam, legte sie den Schal auf einen Stuhl in der Halle, und ging wie von einem Magneten angezogen in die Bibliothek. Sie hoffte, daß sie heute nicht wieder wie am Tag zuvor gestört werden würde.

Um nicht an den Prinzen erinnert zu werden, nahm sie nicht das Buch aus dem Regal, das er ihr entrissen und auf den Fußboden geworfen hatte, sondern sie wählte ein anderes, dieses Mal einen Gedichtband von Lord Byron.

Sie hatte es sich gerade am Fenster bequem gemacht und eines ihrer Lieblingsgedichte zu lesen begonnen, als der Butler verkündete:

»Der Earl of Chessington-Crewe, Miß!«

Ula erstarrte vor Angst.

Als sie aufblickte und ihr Onkel das Zimmer betrat, sah sie, daß ihm ein Polizist folgte.

Zuerst dachte sie, sich zu täuschen, doch sein roter Mantel und sein Diensthut, den er in der Hand trug, waren unmißverständlich.

Kaum hatte der Graf die Bibliothek betreten, sagte er im Befehlston:

»Komm her, Ula!«

Sie stand langsam auf und ging ängstlich auf ihn zu.

Er blickte sie mit verächtlicher Miene an und sagte:

»Ich bin gekommen, um dich dorthin mitzunehmen, wo du hingehörst. Wir fahren sofort zurück!«

»Aber, Onkel Lionel, das geht nicht!« rief Ula. »Ich bin hier, wie Sie wissen, auf Einladung der Herzogin von Wrexham, die mich in ihre Obhut genommen hat.«

»Dessen bin ich mir bewußt«, erwiderte der Graf.

»Aber als du aus Chessington Hall davongelaufen bist, wofür du schwer bestraft wirst, scheinst du vergessen zu haben, daß deine Eltern tot sind und ich dein Vormund bin!«

»Ich weiß das, Onkel Lionel, aber Sie haben mich nicht gewollt.«

»Darüber entscheide ich«, erwiderte der Graf. »Ich kann meine Zeit nicht länger vergeuden, deshalb kommst du sofort mit! Meine Kutsche steht draußen.«

Er sprach in barschem Ton, und Ula schrie vor Angst auf.

»Ich kann nicht! Ich will hierbleiben, und wenn Sie wollen, daß ich mitkomme, müssen Sie zuerst mit dem Marquis darüber sprechen.«

»Wie ich schon sagte, ich bin dein Vormund. Und da ich erwartet habe, daß du Scherereien machen wirst, habe ich einen Polizisten mitgebracht, wie du siehst.«

Und höhnisch fügte er hinzu:

»Er wird dich in Gewahrsam nehmen, und du wirst vor Gericht kommen. Sie werden dir sagen, daß du als Minderjährige mir zu gehorchen hast. So lautet das Gesetz.«

Er hielt inne, denn er schien mit Ulas Widerstand zu rechnen.

Ihr blieb die Stimme vor Angst im Hals stecken, und sie konnte ihn nur voller Entsetzen ansehen.

»Wenn dir das lieber ist«, fuhr er langsam und böse fort, »und wenn man dir klargemacht hat, daß ich vollständig und absolut über dich bestimmen kann, erhebe ich Anklage gegen den ehrenwerten Marquis von Raventhorpe wegen Entführung einer Minderjährigen – und die Strafe dafür ist die Deportation!«

Er sprach in gehässigem Ton. Und er wußte, daß ihr nach dem, was er gesagt hatte, nichts anderes übrigblieb, als mit ihm zu gehen.

Als ob er sie noch mehr demütigen wollte, sagte er scharf:

»Nun, wofür entscheidest du dich?«

»Ich, ich komme mit, Onkel Lionel.«

»Dann beeile dich!« befahl er.

Er packte sie so fest am Arm, daß es schmerzte, und führte sie aus der Bibliothek durch den Korridor und in die Halle.

Die Dienstboten, die dort standen, sahen sie erstaunt an, und als sie sich der Eingangstür näherten, brachte Ula mit Mühe heraus:

»Bitte, Onkel Lionel, ich muß mich von Ihrer Gnaden verabschieden und meinen Hut und einen Schal holen.«

»Du brauchst dich von niemandem zu verabschieden«, erwiderte der Graf. »Und ich sehe dort auf dem Stuhl einen Schal liegen.«

Einer der Diener nahm ihn und reichte ihn Ula.

Sie wollte ihn sich um die Schultern legen, und um ihr das zu ermöglichen, nahm ihr Onkel seine Hand von ihrem Arm.

In diesem Augenblick versuchte sie die Treppe hinaufzulaufen und ihm zu entrinnen.

Er hatte dies jedoch erwartet und schlug sie so kräftig auf die Schulter, daß sie vor Schmerz aufschrie und taumelte. Aber sie gewann das Gleichgewicht wieder und fiel nicht zu Boden.

Der Graf packte sie, zog sie durch die Haustür, die Stufen hinab und schleuderte sie fast in seine Kutsche, die auf sie wartete.

Er blieb kurz stehen, entlohnte den Polizisten, bevor er selbst die Kutsche bestieg und die Tür schloß. Die Pferde zogen an.

Ula warf einen raschen Blick auf die Dienstboten, die auf der Treppe standen und ihr nachsahen.

Als sie in den Sitz zurücksank und sich dabei so klein wie möglich machte, wußte sie, daß der Ort, den sie verlassen mußte, der Himmel für sie gewesen war, und daß das Haus, in das sie zurückkehren mußte, für sie die Hölle bedeutete.

Da sie glaubte, sie müsse noch eine verzweifelte Bitte vorbringen, sagte sie:

»Bitte, Onkel Lionel, bitte hören Sie mir zu, ich kann nicht...«

»Halte den Mund!« herrschte er sie an. »Ich spreche nicht mit dir, bis wir zu Hause sind und du für dein unerhörtes Betragen die verdiente Strafe erhalten hast. Dann werde ich dir sagen, was ich mit dir für die Zukunft vorhabe. Bis dahin schweigst du!«

Die letzten Worte brüllte er. Dann legte er seine Füße auf den Sitz gegenüber, lehnte sich zurück und schloß die Augen.

Ula sah ihn an und fragte sich, wie es möglich war, daß ein so grausamer und gefühlloser Mann der Bruder ihrer Mutter sein konnte.

Aber so eingeschüchtert sie auch war, so wußte sie doch, daß sie inständig darum beten mußte, gerettet zu werden.

Sie war nicht nur wegen der Schläge von Chessington Hall davongelaufen, sondern auch vor dem unerträglichen Leben, das sie dort hatte führen müssen.

Rette mich, rette mich, Mama, flehte sie.

Doch dann sah sie nicht wie sonst das Gesicht ihrer Mutter, sondern den Marquis vor sich.

Er hatte sie schon einmal gerettet. Würde er dies wieder tun? Ihr ganzes Wesen rief nach ihm, und sie berichtete ihm von ihrer Notlage.

Dann erinnerte sie sich daran, daß er den ganzen Tag außer Haus war, zuerst beim Rennen und dann zum Abendessen bei seinen Bekannten. Sicher war er in Gesellschaft einiger schöner Frauen, die ihn unterhalten würden, so daß er keinen Gedanken an sie verschwendete. Er konnte ja nicht wissen, was in seiner Abwesenheit geschehen war.

Sie dachte daran, daß er gesagt hatte, er würde bei den Cavendishs zu Abend essen, und da fiel ihr ein, daß die schöne, mit Rubinen geschmückte Dame, die er mit ›Georgina‹ angeredet hatte, die Frau von Lord Cavendish war.

Als ihr klar wurde, daß es lange dauern würde, bis er erfuhr, was mit ihr geschehen war, da wußte sie, daß sie ihn liebte. Es war kein Schock, denn sie ahnte es schon die ganze Zeit.

Natürlich liebe ich ihn, dachte sie. Wie könnte es auch anders sein, da er so stattlich, so großartig und so anders als alle anderen Männer ist.

Weil sie ihn als ihren Retter verehrt hatte, war es ihr gar nicht in den Sinn gekommen, ihn mit denselben Augen zu sehen wie die anderen Männer, die ihr überschwenglich geschmeichelt und ihr sogar Heiratsanträge gemacht hatten.

Ihre Gedanken und ihre Gefühle galten dem Marquis.

Er schien alle anderen Männer in den Schatten zu stellen, so daß diese völlig bedeutungslos für sie waren.

Ich liebe ihn, ich liebe ihn, dachte sie, als die Kutsche nun auf der Landstraße immer schneller fuhr.

Ich liebe ihn, und er wird es wohl nie erfahren. Kein anderer Mann wird mir je etwas bedeuten, solange ich lebe.

Plötzlich kam es ihr in den Sinn, daß ihr nichts anderes übrig blieb als zu sterben, wenn sie es in Chessington Hall nicht mehr aushielt. Sie wußte, daß man sie von jetzt an schlimmer behandeln würde, als je zuvor.

Sie gestand sich ein, daß sie nur schwer die Welt hinter sich lassen würde, weil es den Marquis gab.

Sie brauchten fast zwei Stunden, bis sie Chessington Hall erreichten, und die ganze Zeit zwang Ula sich dazu, nur an den Marquis zu denken. Irgendwie gab ihr dies den Mut, mit hocherhobenem Kopf aus der Kutsche zu steigen.

Die Dienstboten, die sie so gut kannte, starrten sie an, als sie die Treppe hinaufging. Sie war ja so völlig anders gekleidet als bisher.

»Guten Tag, M'Lord«, sagte Newman, der Butler, respektvoll, als der Graf in die Halle trat und einer der Diener seinen Hut nahm.

Er erhielt vom Grafen keine Antwort.

Newman lächelte Ula an und meinte:

»Es ist schön, Sie wiederzusehen, Miß!«

Sie warf ihm einen Blick zu, der sein Mitleid weckte, und ehe sie etwas antworten konnte, brüllte der Graf:

»Folge mir, Ula!«

Er ging auf sein Arbeitszimmer zu, und plötzlich zog sich ihr Herz zusammen, denn sie wußte, daß er sie mit seiner langen, dünnen Reitpeitsche schlagen würde, die in ihre zarte Haut wie ein Messer schnitt.

Sie wollte schreien, davonlaufen, aber da sie wußte, daß es nutzlos war, und sie auch jenen Mut zeigen wollte, den der Marquis von ihr erwartete, folgte sie ihm.

Er ging in das große Zimmer, in dem er gewöhnlich saß. Die dunklen Samtvorhänge schienen das Sonnenlicht auszuschließen, selbst wenn sie aufgezogen waren.

Der Graf stellte sich neben den Kamin und sagte:

»Nun, da ich dich hierher zurückgebracht habe, wo du hingehörst, sollst du erfahren, was ich mit dir vorhabe. Aber zuerst erhältst du deine verdiente Strafe, weil du weggelaufen bist und mir unglaubliche Scherereien gemacht hast.«

»Es, es tut mir leid, wenn ich Sie erzürnt habe, Onkel Lionel«, sagte Ula. »Aber ich war so unglücklich, daß ich es nicht länger ertragen konnte.«

»Was soll das heißen, unglücklich?« brüllte der Graf. »Und weshalb solltest du Glück erwarten? Du, eine Waise, die ich großmütig in mein Haus aufgenommen habe, als du ohne Dach über dem Kopf und ohne einen Penny von deinem Tunichtgut von einem Vater zurückgelassen wurdest.«

Diese Beleidigungen hatte Ula ein ganzes Jahr lang ertragen. Sie holte tief Luft und zwang sich dazu, nichts darauf zu erwidern.

»Und danach hattest du die Stirn«, fuhr der Graf fort, »den alten Skandal wieder aufleben zu lassen, von dem ich hoffte, er sei vergessen. Deine Mutter hat mit ihrem unerhörten Verhalten die ganze Familie in Schande gebracht.«

Er hob die Stimme und schrie:

»Du bist nicht besser als sie. Und doch habe ich

trotz deiner Undankbarkeit eine Ehe für dich arrangiert, die sofort vollzogen wird, und das ist sehr viel mehr, als du verdienst.«

Ula starrte ihren Onkel entsetzt an.

»Eine Ehe arrangiert, Onkel Lionel?«

»Gott weiß, weshalb dich jemand heiraten will«, brüllte er. »Aber ich bin dankbar, wirklich sehr dankbar, daß du dich nicht mehr in meinem Haus aufhalten wirst, und, was mich besonders freut, daß du dich außer Landes befinden wirst, so daß ich dich nicht wiedersehen muß.«

»Ich... verstehe nicht«, sagte Ula.

»Dann will ich dir von deinem Glück erzählen. Seine Hoheit, Prinz Hasin von Kubaric, hat um deine Hand angehalten.«

Ula stieß einen lauten Schrei aus.

»Prinz Hasin? Das darf nicht wahr sein! Ich will ihn nicht heiraten! Nichts auf der Welt wird mich dazu bringen, ihn zu heiraten!«

Sie trat rasch auf ihren Onkel zu.

»Er ist entsetzlich, abstoßend, und ich würde eher sterben als seine Frau zu werden.«

»Wie kannst du es wagen, so über ihn zu sprechen!« schrie der Graf. »Du solltest niederknien und Gott danken, daß überhaupt ein Mann dich angesichts deiner Herkunft heiraten will!«

»Ich heirate ihn nicht! Ich heirate ihn nicht!« rief Ula. »Ich hasse ihn! Verstehst du das nicht? Er ist ekelhaft!«

Sie dachte, ihr Onkel würde weiterschreien. Aber er holte aus und schlug sie auf den Kopf.

Darauf war sie nicht vorbereitet. Sie fiel zu Boden und schlug sich den Kopf an einem Stuhlbein an. Dann war Dunkelheit um sie.

Langsam kam Ula wieder zu sich und hörte Sarahs Stimme.

»Was ist geschehen, Papa? Ich sehe, du hast Ula zurückgebracht. Aber warum liegt sie auf dem Fußboden?«

»Ich glaube, sie ist ohnmächtig geworden«, antwortete der Graf grollend. »Ich bringe sie wieder zu Bewußtsein.«

Ula hörte, wie er durch das Zimmer schritt, und wußte, daß er zu dem Grogtablett ging, das in einer Ecke stand.

»Ich schütte dieses Wasser über sie«, sagte der Graf. »Sie kommt dann sofort zu sich.«

Sarah stieß einen Schrei aus.

»Nein, Papa, nein! Du ruinierst dabei ihr Kleid. Es ist viel eleganter und schöner als alles, was ich besitze. Deshalb möchte ich das Kleid für mich haben. Ich bin sicher, man braucht es nur ein wenig zu verlängern.«

Ula rührte sich nicht. Sie fühlte sich schwach, ihr Kopf schmerzte, und sie wollte ihren Onkel und Sarah nicht sehen.

Sie hörte, wie ihr Onkel den Wasserkrug zurückstellte, ehe er sagte:

»Das verdammte Luder, sie ist nichts als eine Last!«

»Papa, ich hoffe, du wirst sie wegen ihres unerhörten Benehmens bestrafen«, sagte Sarah gehässig.

»Das habe ich allerdings vor«, antwortete der Graf. »Aber der Prinz will mit einer Heiratserlaubnis vorbeikommen, die ihm vom Erzbischof von Canterbury gegeben wird.«

»Ich finde es nicht richtig, daß Ula eine Prinzessin wird«, beschwerte sich Sarah.

»Sie kann sich von mir aus nennen wie sie will,

wenn sie nur in Kubaric bleibt«, sagte der Graf. »Ich glaube nicht, daß es ihr dort sehr gefallen wird neben drei anderen Frauen, die nur darauf warten, ihr die Augen auszukratzen.«

Ula holte tief Luft. Voller Schrecken wurde ihr bewußt, daß der Prinz Mohamedaner war.

In diesem Fall war er berechtigt, vier Frauen zu besitzen, und eine davon sollte sie werden.

Sie konnte es kaum glauben, daß ihr Onkel sich einen Christen nennen und sie gleichzeitig einem solchen Schicksal ausliefern konnte. Aber sie wußte ja, daß der Graf alles und jedermann akzeptieren würde, wenn sie nur außerhalb Englands und somit ihm aus den Augen wäre.

Als hätte Sarah die gleichen Gedanken gehabt, hörte Ula sie sagen:

»Nun, wir brauchen uns keine Sorgen mehr um sie zu machen, sobald sie fort ist. Hast du den Marquis gesehen, als du sie in seinem Haus abgeholt hast?«

»Nein, natürlich nicht«, erwiderte der Graf. »Ich wußte, daß Raventhorpe in Epsom beim Rennen ist.«

»Das war geschickt von dir, Papa. Und wenn der Prinz morgen früh Ula heiratet, kann sich der Marquis nicht mehr einmischen.«

»Glaubst du, er würde das versuchen?« fragte der Graf.

»Er hat sie nur deshalb als ›Unvergleichliche‹ präsentiert, weil er sich über mich geärgert hat«, erwiderte Sarah. »Sobald Ula aus dem Weg ist, bekomme ich ihn zurück.«

»Hoffentlich hast du recht. Du kannst mit einem Mann wie Raventhorpe nicht Katz und Maus spielen«, belehrte sie der Graf.

Sarah hörte ihm nicht zu.

»Ich möchte unbedingt dieses Kleid haben«, sagte sie.

Ula wußte, daß Sarah auf sie herabsah.

»Laß Ula nach oben bringen und auskleiden. Danach kannst du sie von mir aus schlagen, bis sie tot ist.«

»Es wäre nicht richtig, Prinz Hasin zu verärgern«, meinte der Graf. »Er möchte einige Pferde nach Kubaric mitnehmen und ich habe ein paar, die ich ihm morgen vor der Hochzeit vorführen will.«

»Schön, ich möchte nur Ulas Kleid haben. Aber wenn Seine Hoheit noch ein paar Diamanten dazulegt, würde ich nicht Nein sagen«, erklärte Sarah.

»Überlasse alles mir«, antwortete der Graf.

Eine Stimme unterbrach sie.

»Sie haben geläutet, M'Lord?«

»Ja, Newman«, erwiderte der Graf. »Lassen Sie Miß Forde nach oben tragen und ausziehen.«

»Sehr wohl, M'Lord.«

»Sie soll nicht in ihr altes Zimmer gebracht werden«, fuhr der Graf fort, »sondern in einen Raum, in dem es keine Kleider gibt. Sie darf nicht in der Lage sein, wieder davonzulaufen, verstanden?«

»Ja, M'Lord.«

»Bringen Sie sie in das Eichenzimmer am Ende des Korridors im ersten Stock, und sagen Sie den Dienstmädchen, daß Lady Sarah dieses Kleid wünscht, sobald Miß Forde ausgezogen ist. Miß Forde wird in das Zimmer eingeschlossen, der Schlüssel wird mir gebracht, ist das klar?«

»Ja, M'Lord.«

»Wenn sie noch einmal davonläuft, wird jeder, der

ihr dabei hilft oder sie weglaufen läßt, fristlos entlassen, und zwar ohne Zeugnis!«

»Ich verstehe, M'Lord.«

Ula hörte, wie Newman zurücktrat.

Ein paar Augenblicke später wurde sie an ihren Schultern und ihren Füßen hochgehoben und aus dem Zimmer getragen. Sie durchquerten die Halle, und dann ging es mit einigen Schwierigkeiten die Treppe hinauf.

Jeder im Haus wußte jetzt, daß etwas Ungewöhnliches vorging, dachte Ula.

Sie hörte die Dienstmädchen oben an der Treppe flüstern, als sie die Treppe hinaufgetragen wurde.

»Miß Forde kommt in das Eichenzimmer am Ende des Korridors«, sagte Newman.

Er wiederholte die Anweisungen des Grafen, daß sie ausgezogen und dann in das Zimmer eingeschlossen werden sollte, und daß jeder, der ihr zur Flucht verhalf, sofort entlassen würde.

»Sie ist ohnmächtig«, stellte eines der Mädchen fest, als die Männer sie aufs Bett legten.

»Ich hörte, wie Seine Lordschaft sie niederschlug«, erklärte Newman. »Sie muß sich am Kopf verletzt haben.«

»Die arme junge Lady! Das ist nicht gerecht!«

Ula wußte, daß Amy sprach. Sie war eine der jüngeren Hausangestellten und ein sehr nettes Mädchen.

»Nimm dich in acht, Amy«, warnte sie Newman. »Wenn Miß Ula noch einmal davonläuft, sitzen wir alle in der Patsche.«

»Wenn Sie mich fragen, Mr. Newman, dann ist es eine Schande, wie Seine Lordschaft Miß Ula behandelt. Das habe ich immer schon gesagt.«

»Behalte deine Meinung für dich«, antwortete Newman, »sonst sitzt du bald weinend vor der Hintertür! Komm jetzt, James!«

Die beiden Männer verließen das Zimmer, und Amy und die anderen Dienstmädchen zogen Ula aus.

Ula war entschlossen, weiterhin ohnmächtig zu sein. Sie war völlig entspannt, als sie ihr das schöne Kleid auszogen.

Eines der Mädchen hatte eines ihrer alten, abgetragenen und geflickten Nachthemden aus ihrem Schlafzimmer im oberen Stock geholt, und man zog es ihr an.

Ula lag schlaff auf dem Bett, ohne sich zu rühren, bis die Mädchen das Zimmer verlassen hatten und sie hörte, wie der Schlüssel im Schloß umgedreht wurde.

Erst dann öffnete sie die Augen und blickte sich vorsichtig um. Sie überlegte, ob es einen Fluchtweg gab. Sie wußte jedoch, daß sie nicht durch das Fenster entkommen konnte.

Das Haus war im georgianischen Stil gebaut worden. Es hatte hohe Räume, und selbst wenn sie vom ersten Stock aus einem Fenster auf den Kiesboden springen würde, würde sie sich wenigstens ein Bein oder gar das Rückgrat brechen.

Sie richtete sich im Bett auf und blickte sich im Zimmer um. Ein großer Mahagonischrank, ein Toilettentisch, ein Waschständer mit einem Porzellankrug und einer Schüssel darauf. Stühle und andere kleine Gegenstände füllten den Raum.

Er war sehr viel komfortabler eingerichtet als die Kammer, die sie vorher bewohnt hatte und die wirklich nur ein Dienstbotenzimmer im zweiten Stock gewesen war.

Ihr war klar, daß der Schrank leer war.

Ula sah, daß die Dienstmädchen außer ihrem Nachthemd, ihrem einfachen Flanellmorgenrock und einem Paar Pantoffeln kein anderes Kleidungsstück heruntergebracht hatten. In diesen Dingen konnte sie nicht davonlaufen.

»Was soll ich nur tun? Was kann ich tun?« flüsterte sie. Wieder schickte sie einen Hilferuf an den Marquis und bat ihn, sie zu retten.

Sie wußte, es war fast unmöglich, und doch hatte er sie schon einmal gerettet, als sie ohne einen einzigen Penny in der Tasche von Chessington Hall davongelaufen war, um nach London zu gehen.

Er hatte sie auch vor Prinz Hasin gerettet, und vielleicht würde er es auch diesmal tun.

Während der langen Stunden, in denen sie allein war, beschloß sie, lieber zu sterben, als sich von dem Prinzen berühren zu lassen.

Sie wußte, daß es im Waffenzimmer Gewehre gab und scharfe Messer in der Küche, aber sie waren alle für sie unerreichbar.

Eine halbe Meile vom Haus entfernt gab es einen reißenden Fluß. An bestimmten Stellen war das Wasser tief genug, um sich zu ertränken. Vielleicht konnte sie ihn erreichen.

Aber da die Tür abgeschlossen war, konnte sie nichts tun.

»Hilf mir, lieber Gott, bitte, hilf mir! Es muß einen Ausweg geben! Es muß eine Möglichkeit geben zu entrinnen, bevor ich Prinz Hasin heiraten muß!«

Da sie mit ihrem Vater östliche Religionen und Sitten studiert hatte, wußte sie, daß es für einen Mohamedaner leicht war, sich von einer Frau scheiden zu lassen, die ihn langweilte.

Wenn der Prinz schon drei Frauen hatte, was mehr als wahrscheinlich war, weil im Orient die Männer schon in früher Jugend heirateten, brauchte er nur zu sagen: ›Ich verstoße dich!‹, und er war frei, um eine andere Frau zu nehmen.

Aber es war nicht so sehr der Gedanke daran, die Frau eines Mohamedaners zu werden, sondern der Gedanke, dem Prinzen zu gehören, der sie ängstigte. Das Böse, das sie an ihm wahrgenommen hatte, machte sie ängstlich. Sie wollte vor Entsetzen schreien.

Um fünf Uhr abends hörte Ula jemanden vor der Tür, und als sich der Schlüssel im Schloß drehte, legte sie sich rasch hin und schloß die Augen.

Sie wußte, daß es ihr Onkel war, der das Zimmer betreten hatte. Und sie wußte, daß er gekommen war, um sie zu schlagen, wie er es angekündigt hatte.

Als er zum Bett trat, spürte sie seine Überraschung darüber, daß sie offensichtlich immer noch bewußtlos war.

Sie hörte seinen schweren Atem, als wäre es eine Anstrengung für ihn gewesen, die Treppe heraufzukommen.

Ula rührte sich nicht, und nach einem Augenblick sagte er:

»Ula, Ula! Wach auf! Hörst du mich! Wach auf!«

Seine Stimme klang herrisch, so daß es ihr äußerst schwerfiel, ihm nicht zu gehorchen. Als ob er besorgt wäre, weil sie nicht reagierte, beugte er sich zu ihr hinunter, packte sie an den Schultern und schüttelte sie. Mit großer Willenskraft gelang es ihr, weiterhin regungslos zu bleiben.

Ihr Onkel warf sie mit einem Fluch wieder in die Kissen zurück.

In diesem Augenblick kam Sarah ins Zimmer.

»Ula kann doch nicht noch immer bewußtlos sein, Papa.«

»Ich glaube, sie hat eine Gehirnerschütterung«, meinte der Graf. Es fiel ihm schwer, dies auszusprechen.

»Nun, es wäre besser, wenn sie so rasch wie möglich wieder zu sich käme, denn sie soll morgen heiraten.«

Ihr Vater antwortete ihr nicht, und Sarah fuhr fort:

»Mama sagt, ich solle ihr eines von meinen Kleidern leihen oder ihr das zurückgeben, in dem sie zurückgekommen ist. Ich habe ein weißes Kleid, das mir nicht gefällt. Das ist gut genug für sie.«

»Der Prinz kann es sich leisten, ihr alles zu kaufen, was sie will«, sagte der Graf.

»Dann ist sie besser dran als ich«, höhnte Sarah. »Ich könnte eine ganze Menge gebrauchen.«

»Wenn der Prinz meine Pferde zu dem Preis kauft, den ich verlange, dann bekommst du ein neues Kleid, sobald wir in London sind.«

»Also übermorgen!« rief Sarah. »Oder noch besser morgen nachmittag. Ich möchte den Marquis so rasch wie möglich wiedersehen, und jetzt, da Ula aus dem Weg ist, habe ich ihn bald wieder in der Hand, du wirst es sehen, Papa.«

»Ich hoffe, du weißt, was du sagst. Komm jetzt, hier können wir nichts tun.«

Ula hörte die beiden das Zimmer verlassen. Dann wurde der Schlüssel im Schloß herumgedreht.

Sie stieg aus dem Bett und trat ans Fenster.

Sie fragte sich, ob es wohl möglich wäre, aus den Leintüchern ein Seil zu binden.

Sie hatte nichts, mit dem sie diese hätte zerschneiden können, und außerdem wußte sie, daß sie bei weitem nicht bis zum Erdboden reichen würden, selbst wenn sie sie mit den Bettdecken zusammenbände.

»Hilf mir bitte, lieber Gott, hilf mir, Papa, bitte hilf mir!«

Sie betete inbrünstig, und dann dachte sie daran, wie geschickt ihre Mutter es in jener Nacht angestellt hatte, als sie vor der bevorstehenden Hochzeit geflohen war.

Sie und der Mann, den sie liebte, waren in einem kleinen Dorf von einem Pfarrer getraut worden, den sie aus dem Bett geholt und dem sie ihre Heiratserlaubnis vorgelegt hatten.

Ula schauderte bei dem Gedanken daran, daß der Prinz nun eine Heiratserlaubnis bekam.

Sie wußte, daß sie in der Dorfkirche getraut werden konnten, wo der Vikar, ein alter Mann, von ihrem Onkel eingesetzt worden war. Es war zweifelhaft, ob er ihr zuhören würde, selbst wenn sie am Altar dagegen protestierte und erklärte, den Prinzen nicht heiraten zu wollen.

Ula betete unablässig, bis die Sonne hinter den Bäumen im Park unterging und die Schatten immer länger wurden.

Dann hörte sie, wie jemand den Schlüssel im Schloß umdrehte, noch ehe sie Zeit hatte, sich wieder ins Bett zu legen.

Zu ihrer Erleichterung war es nicht ihr Onkel, wie sie gefürchtet hatte, sondern Amy, das junge Dienstmädchen, das ungefähr gleichzeitig wie sie in das Haus gekommen war.

Amy trat ins Zimmer.

»Geht es Ihnen besser, Miß Ula?« fragte sie. »Wir haben uns solche Sorgen um Sie gemacht.«

»Ich mache mir auch Sorgen um mich«, erwiderte Ula.

»Ich habe gehört, Sie sollen morgen heiraten. Fühlen Sie sich wohl?«

»Es geht nicht darum, ob ich mich wohlfühle. Prinz Hasin ist ein böser, verworfener Mann, und ich will ihn nicht heiraten!«

Amy sah sie überrascht an. Dann sagte sie:

»Ich verstehe sehr gut, daß Sie keinen Ausländer heiraten wollen. Aber Sie werden eine Prinzessin sein.«

»Ich werde nicht anständig verheiratet, so wie du es verstehst. Prinz Hasin ist Mohamedaner und seine Religion erlaubt es ihm, vier Frauen zu nehmen.«

»Vier Frauen, Miß? So etwas habe ich noch nie gehört.«

»Ich weiß, daß mein Vater, der Geistlicher war, darüber entsetzt wäre. Mein Onkel erlaubt dem Prinzen nur deshalb, mich zu heiraten, weil er mich loswerden will.«

»Sie sind zu hübsch, Miß, daran liegt es. Man sagt, Lady Sarah ist auf Sie eifersüchtig, seitdem Sie hierhergekommen sind.«

»Ja, ich weiß, Amy. Aber jetzt mußt du mir helfen, daß ich irgendwie von hier wegkomme.«

»Das ist ganz unmöglich, Miß. Ich würde Ihnen sehr gern helfen, aber dann würde ich ohne Zeugnis entlassen, und heutzutage bekommt man nur schwer eine neue Anstellung.«

»Ich verstehe«, antwortete Ula nach einer Weile. »Ich habe Hunger, Amy.«

»Daran habe ich gedacht, Miß. Seine Lordschaft sagte, Sie sollten nur trockenes Brot und etwas Wasser bekommen. Aber Sie tun der Köchin so leid — und uns allen —, und nach dem Abendessen werde ich Ihnen etwas Gutes zum Essen bringen sowie eine Tasse Kakao.«

»Das wäre schön, Amy. Vielen Dank.«

»Es ist am besten, ich gehe jetzt wieder, Miß, falls Seine Lordschaft nach mir sucht.«

Amy lächelte Ula an, schlüpfte aus dem Zimmer und drehte den Schlüssel im Schloß um. Ula saß da und betrachtete die geschlossene Tür. Und dann hatte sie eine Idee.

6

Es war kurz nach halb neun, als Amy mit Ulas Abendessen kam.

Nun hatte sie wirklich Hunger, obwohl sie sich so ängstigte, daß sie glaubte, die Speisen würden ihr im Hals stecken bleiben. Aber sie hatte seit dem Frühstück in London nichts mehr zu sich genommen.

Ula lag im Dunkeln und dachte an den Marquis, und als Amy die Kerzen anzündete und die Vorhänge zuzog, war ihr fast so, als inspiriere er sie, einen Ausweg zu finden.

Der Fisch, den Amy heraufgebracht hatte, war köstlich, und das Mädchen sah befriedigt zu, wie Ula fast alles aufaß.

Als sie dann ein wenig von dem Kakao getrunken hatte, sagte Ula:

»Bitte, hilf mir, Amy.«

»Sie wissen, daß ich alles für Sie tun würde, Miß, aber ich darf Sie nicht weglaufen lassen. Und außerdem ist Ihr Zimmer mit Ihren Kleidern abgeschlossen. Seine Lordschaft hat den Schlüssel.«

Ula stellte fest, daß ihr Onkel auch wirklich keine Vorsichtsmaßnahme außer acht gelassen hatte, um sie an der Flucht zu hindern.

»Setze dich, Amy. Ich habe eine Idee.«

Amy setzte sich ängstlich auf einen Stuhlrand und sah Ula besorgt an.

»Ich muß von hier weg«, beschwor Ula das Mädchen. »Wenn ich nicht davonlaufen kann, werde ich mich töten, und das ist keine leere Drohung, Amy.«

»Aber das dürfen Sie nicht tun, Miß, das wäre wirklich verwerflich.«

»Ich weiß, Amy. Mein Vater wäre entsetzt, wenn er es wüßte. Aber ich kann Prinz Hasin nicht heiraten.«

Allein der Gedanke an ihn, ließ sie zittern. Sie zwang sich fortzufahren:

»Amy, ich möchte, wenn du tapfer genug bist, daß du zu mir heraufkommst, sobald die anderen schlafen gegangen sind. Wenn jemand dich sehen sollte, sagst du, du hättest vergessen, mein Tablett mitzunehmen.«

Amy hörte aufmerksam zu, und Ula fuhr fort:

»Morgen erzählst du ihnen, ich hätte dich überwältigt, dich gefesselt und sei dann weggelaufen, bevor du mich daran hättest hindern können.«

Amy sah Ula mit großen Augen an.

»Eines verspreche ich dir, Amy: Wenn mein Onkel dich hinauswerfen sollte, was ich unter diesen Umständen für unwahrscheinlich halte, kannst du zur Herzogin von Wrexham oder zum Marquis von Raventhorpe gehen. Sie haben mich gern, und ich bin sicher, sie werden dir eine ebensogute Stelle geben wie diese hier.«

»Sind Sie sicher, Miß?«

»Ich bin ganz sicher, Amy. Offen gesagt, ich habe sonst nur noch die Möglichkeit, aus dem Fenster zu springen. Aber ich glaube nicht, daß ich dabei getötet würde, sondern nur für mein Leben lang ein Krüppel wäre.«

Amy stieß einen Entsetzensschrei aus.

»Das kann ich nicht zulassen! Ich habe Angst um Sie und um mich.«

»Ich weiß, daß ich viel von dir verlange, Amy«, sagte Ula. »Aber du bist der einzige Mensch, an den ich mich um Hilfe wenden kann.«

Ulas Stimme klang so flehend, daß nach einem Augenblick Amy zu ihr sagte:

»Ich werde Ihnen helfen, Miß. Es ist nicht recht, daß Sie von Seiner Lordschaft so schlecht behandelt werden.«

»Danke«, sagte Ula einfach. »Ich kann dir nichts schenken, um dir zu zeigen, wie dankbar ich dir bin. Aber ich weiß, daß du eines Tages für deinen Mut belohnt werden wirst.«

»Das wird im Himmel sein, falls Seine Lordschaft die Wahrheit erfährt«, sagte Amy mit einem Anflug von Galgenhumor.

»Wenn du es geschickt anstellst, wird Seine Lordschaft glauben, daß ich dich überwältigt habe. Schließlich bist du nicht sehr groß, und er traut mir jede Schlechtigkeit zu.«

Es entstand eine kleine Pause, dann fragte Amy:

»Was soll ich tun, Miß?«

»Ich möchte, daß du heraufkommst, bevor Seine Lordschaft zu Bett geht, aber es soll so spät sein, daß die anderen Dienstboten dein Verschwinden nicht bemerken.«

»Ich verstehe, Miß«, sagte Amy. »Dann ist es am besten, ich gehe jetzt.«

Sie stand da und blickte nervös über die Schulter, als fürchte sie, man habe ihr Gespräch belauscht.

Sie schlüpfte aus dem Zimmer und verschloß von außen wieder die Tür. Nach etwa anderthalb Stunden kehrte sie zurück.

»Ich habe unten gesagt, ich ginge jetzt schlafen, aber niemand achtete darauf.«

»Wo ist Seine Lordschaft?« fragte Ula.

»In seinem Arbeitszimmer. Mr. Newman sagte, er sei schon total betrunken gewesen, als er das Eßzimmer verließ.«

Ula fand dies ermutigend, und Amy fuhr fort:

»Mr. Newman erzählte, Lady Sarah habe Seine Lordschaft aufgefordert, Sie zu schlagen, wie er es versprochen hatte. Aber er habe ihr geantwortet, es müsse Ihnen gut genug gehen, um getraut zu werden.«

Ula hatte genug gehört.

»Nun paß auf, Amy! Ich möchte, daß du dich so auf das Bett legst, wie sie dich morgen finden sollen.«

Amy legte sich hin und hob den Kopf, so daß Ula ihr eine große Serviette, die Amy mit dem Abendessen heraufgebracht hatte, über den Mund binden und im Nacken verknoten konnte.

Dann zog Ula die Serviette wieder herunter und erklärte:

»Es wird nicht unangenehm sein, du brauchst sie erst im entscheidenden Augenblick hochzuziehen. Dann rufst du um Hilfe.«

»Und wann soll das sein, Miß?«

»So spät wie möglich. Je länger sie glauben, ich läge hier im Bett, um so größer ist meine Chance zu entkommen.«

Amy verstand, und dann zeigte ihr Ula, wie sie ihre Fußknöchel mit der Seidenkordel fesseln konnte, die die langen Vorhänge zusammengehalten hatten.

»Das kannst du leicht selber machen«, sagte Ula. »Aber jetzt kommt der schwierigste Teil.«

Sie hatte eines der Handtücher vom Wäscheständer

geholt und die beiden Enden miteinander verknotet. Das Mädchen steckte nun ihre Hände hindurch.

»Wenn du die Hände fest aneinanderpreßt«, erklärte Ula, »kannst du dich leicht wieder befreien, so daß du deine Beine fesseln und dir das Tuch über den Mund ziehen kannst.«

Sie sprach langsam, damit Amy es verstand.

»Dann schiebst du im letzten Augenblick die Hände durch das Handtuch, legst dich hin und sagst, du hättest die ganze Nacht in dieser Stellung verbracht.«

Wenn herauskam, daß sie weggelaufen war, würde es deswegen eine solche Aufregung geben, daß niemand darauf achtete, wie das Mädchen gefesselt war.

Ula ließ Amy mehrmals proben, was sie zu tun hatte, bis sie ganz sicher war, daß Amy alles verstanden hatte. Dann meinte sie:

»Ich gehe jetzt, Amy, und nehme den Schlüssel mit. Deshalb werden sie die Tür aufbrechen müssen, wenn sie dich schreien hören.«

»Seine Lordschaft sagte, er wolle heute abend den Schlüssel wiederhaben«, erwiderte Amy.

»Wenn er ihn nicht am Schlüsselbrett findet, wird er denken, du seist ins Bett gegangen und hättest ihn mitgenommen«, erklärte Ula. »Und wenn er, wie Newman sagt, schon viel Rotwein und Port getrunken hat, wird er sich bis zum Morgen nicht darum kümmern.«

Sie wußte seit einiger Zeit, daß der Graf viel trank, wenn er besorgt oder zornig war.

Ja, sie wußte, daß er immer mehrere Gläser Wein oder Cognac trank, bevor er sie schlug.

Dies stachelte ihn so an, daß er brutaler mit ihr umging, als er eigentlich vorgehabt hatte.

Bevor Amy zurückgekommen war, hatte Ula ihren hellblauen Flanellmorgenrock angezogen. Er wurde vorn zugeknöpft und hatte einen kleinen Kragen, der mit einer kleinen Spitze verziert war.

Ihre Mutter hatte ihn ihr vor vielen Jahren genäht, und er paßte immer noch, war aber ziemlich kurz.

Doch sie hatte nichts anderes anzuziehen. Und sie war dankbar dafür, daß die Mädchen auch ihre Pantoffeln mitgebracht hatten, als sie ihr Nachthemd aus ihrem Zimmer geholt hatten.

»Ich gehe jetzt, Amy. Bete, wie du noch nie zuvor gebetet hast, daß ich ungesehen aus dem Haus komme. Und ich danke dir von ganzem Herzen, daß du mir hilfst.«

Sie küßte Amy sanft.

Dann öffnete sie die Tür, schlich hinaus in den Korridor, drehte den Schlüssel leise im Schloß um und eilte zur Hintertreppe.

Um diese Zeit hatten sich die Dienstmädchen, die alle früh aufstehen mußten, schon in den oberen Stock zurückgezogen, wo sie in kleinen, niedrigen Kammern schliefen.

Die männlichen Dienstboten schliefen unten, und Ula wußte, daß das gefährlich werden konnte.

Doch von dort kam kein Laut, als sie sich dem unteren Stockwerk näherte. Sie hatte nicht vor, die Hintertür zu benutzen, sondern eine, die in den Garten führte.

Die Tür war für die Nacht verschlossen und verriegelt, und Ula öffnete sie so leise wie möglich und trat dann hinaus in die frische Luft.

Die Sonne war bereits untergegangen und die Dunkelheit hereingebrochen. Die ersten Sterne zeigten sich am Himmel, während der Halbmond gerade über den Bäumen hervorkam.

Selbst ohne sein Licht hätte Ula ihren Weg durch die Gärten und hinunter zum Park gefunden.

Sie war klug genug, nicht zu laufen, sondern sie ging langsam und hielt sich im Schatten der Büsche. Da sie einen hellen Morgenrock trug, hätte man sie leicht sehen können.

Erst im Park war sie außer Sichtweite des Hauses, und sie lief in einen kleinen Wald, der zu offenen Feldern führte.

Sie mußte die größtmögliche Distanz zwischen sich und Chessington Hall bringen, denn sobald man entdeckte, daß sie verschwunden war, würden Diener zu Pferde ausgeschickt werden, um nach ihr zu suchen.

Es bestand auch die Gefahr, daß der Graf mißtrauisch wurde und Amy wecken ließ, um den Schlüssel zurückzufordern.

Wenn man feststellte, daß Amy fehlte, würde der Graf vielleicht argwöhnisch werden, und die Jagd würde noch mitten in der Nacht beginnen.

»Hilf mir, Papa, bitte, bitte, hilf mir!« flehte Ula, als sie die Felder überquerte und dann durch die kleinen Haine lief. Ihre weichen Pantoffeln boten ihren nakken Füßen nur unzureichenden Schutz.

Der Mondschein wurde heller, und sie fürchtete immer noch, entdeckt zu werden, auch wenn sie ihren Weg nun besser sah. Sie versuchte, sich möglichst in den Wäldern zu halten, aber die Tannennadeln und die rauhen Wege schmerzten an den Füßen und machten es ihr schwer, rasch zu laufen.

Auf den Feldern lief es sich erheblich leichter.

Schließlich, als sie schon ziemlich erschöpft war,

sah sie vor sich ein Licht, dessen Herkunft sie nicht deuten konnte. Es leuchtete mitten im Wald, durch den sie wegen des dichten Unterholzes nur langsam vorankam.

Sie hielt es für ein Feuer, das von Holzfällern entfacht worden war, und in diesem Fall mußte sie ihnen aus dem Weg gehen. Sie würden es gewiß für sehr merkwürdig halten, wenn eine junge Frau spät abends allein im Wald herumstreifte.

Als sie näherkam, sah sie erleichtert, daß nicht Holzfäller in der offenen Lichtung kampierten, sondern Zigeuner.

Vier bemalte Wagen standen da, und um das Feuer herum saßen Zigeuner mit ihren in leuchtenden Farben gekleideten Frauen.

Ohne zu zögern, ging Ula zu ihnen.

Ein Mann bemerkte sie als erster und stieß einen Ruf aus.

Alle Zigeuner wandten sich ihr zu und sahen sie mit dunklen und, wie sie fand, feindseligen Augen an.

Sie ging auf sie zu und sprach sie in der Romasprache an:

»Guten Abend, meine Freunde.«

Diese sahen sie überrascht an, und ein Mann fragte:

»Wer sind Sie und wieso sprechen Sie unsere Sprache?«

»Ich bin Eure Blutsschwester«, erwiderte Ula und hielt ihnen ihr Handgelenk hin, an dem eine kleine weiße Narbe zu sehen war.

Einer der Zigeuner, ein großer Mann, stand auf, und sie erriet, daß er das Oberhaupt der Familie war.

Er betrachtete Ulas Handgelenk, und dann sprach er rasch in seiner Sprache mit den anderen.

Er berichtete ihnen, daß sie die Wahrheit gesagt hatte, denn sie hatte ihr Blut mit dem eines Zigeuners vermischt und war deshalb ihre Schwester.

Jedes Jahr hatten Zigeuner auf einem Feld neben dem Pfarrhaus kampiert, wenn sie zum Pflaumenpflücken nach Worchestershire kamen.

Die Gemeinde ihres Vaters lag mitten im Pflaumenanbaugebiet, und Ula kannte die Zigeuner seit ihrer Kinderzeit.

Es war typisch, daß Daniel Forde sich mit den Menschen befreundete, die die übrige Gemeinde verachtete oder fürchtete.

Viele Leute beschuldigten die Zigeuner entweder des Diebstahls, oder sie fürchteten, sie könnten den ›bösen Blick‹ haben oder vielleicht ihre Kinder stehlen.

Ulas Vater hatte über ihre Ängste gelacht.

»Das sind Menschen ohne Land, und doch gehören sie zur englischen Landschaft. Ich habe immer festgestellt, daß sie ehrlich sind, abgesehen davon, daß sie Wild und Vögel jagen, von denen sie glauben, Gott habe sie für alle geschaffen.«

Aber nur wenige Menschen hörten auf ihn, und die Landeigentümer lehnten es oft ab, die Zigeuner auf ihre Besitztümer zu lassen, obwohl sie sie nicht nur zum Pflaumenpflücken anstellten, sondern auch für das Einbringen anderer Früchte benötigten, wenn ihnen nicht genügend einheimische Arbeitskräfte während der Erntezeit zur Verfügung standen.

Ula hatte von den Zigeunern ein wenig Roma gelernt.

Einmal, sie war gerade fünf Jahre alt, hatte ihr Vater

den neugeborenen Sohn des Stammesoberhauptes getauft, und der Zigeuner hatte gesagt:

»Ich kann Ihnen wenig geben, Sir, um meine Dankbarkeit zu zeigen. Aber wenn Sie es mir erlauben, mache ich Ihre Tochter zur Schwester meines Sohnes, indem wir beider Blut miteinander vermischen. Wo immer Ihre Tochter auch hingeht, sie wird bei den Zigeunern stets willkommen sein, und sie werden ihr helfen und alles, was sie besitzen, mit ihr teilen.«

Da er so aufrichtig sprach, wußte Daniel Forde, daß es eine Beleidigung gewesen wäre, das Angebot abzulehnen.

Deshalb hatte er dem Zigeuner erlaubt, an Ulas Handgelenk einen kleinen Schnitt vorzunehmen, dasselbe tat er auch bei seinem Sohn.

Als er dann ihre Hände aneinanderlegte, so daß ihr Blut sich mischen konnte, sprach er eine uralte Zauberformel.

»Jetzt bin ich eine Zigeunerin, Mama«, hatte Ula selig gesagt.

»Du siehst aber nicht wie eine Zigeunerin aus, mein Liebling«, hatte Lady Louise lachend erwidert, »aber wer weiß, eines Tages mußt du vielleicht die Hilfe von Zigeunern in Anspruch nehmen, obwohl sie uns im Augenblick mehr brauchen, als wir sie.«

Und jetzt war der Zeitpunkt gekommen, an dem die Zigeuner ihr helfen würden, und es mußte ihr Vater gewesen sein, der ihre Gebete erhört hatte.

Ula setzte sich neben dem Feuer nieder und erklärte den Zigeunern, daß sie aus dem Haus ihres Onkels davongelaufen sei, weil er sie zu einer von ihr nicht gewollten Ehe zwingen wolle.

Sie verstanden Ula, und das Mädchen fragte sie:

»Wo fahrt ihr hin?«

»Nach Worchestershire«, erwiderte einer der Männer. »Zuerst ernten wir dort Tomaten, danach Hopfen und dann Pflaumen. Erst dann werden wir weiterziehen.«

»Darf ich euch bitten, mich mitzunehmen?« fragte Ula. »Aber ich muß euch warnen. Man könnte Erkundigungen nach mir einziehen, und deshalb muß ich mich versteckt halten.«

»Du kannst dich in unserem Wagen verstecken«, sagte eine Zigeunerfrau, »und da Zokka ungefähr so groß ist wie du, kannst du ihre Kleider tragen.«

»Danke, vielen Dank!«

Ula war so erleichtert und so dankbar, daß ihr Tränen in die Augen traten, und ihre Stimme zitterte ein wenig.

Der Marquis kam sehr spät nach London zurück. Als er seiner Großmutter gesagt hatte, er würde bei den Cavendishs zu Abend essen, war er nicht ganz bei der Wahrheit geblieben.

Es war Lady Georgina Cavendish, die ihn erwartete, als er in dem großen Haus eintraf, das nicht weit von Epsom entfernt lag. Lord Cavendish hatte zu dieser Zeit eine wichtige Debatte im Oberhaus.

Dieser Renntag war für den Marquis ein voller Erfolg gewesen. Zwei seiner Pferde hatten als erste das Ziel erreicht, und ein weiteres, das er zum erstenmal hatte laufen lassen, hatte sich ganz ausgezeichnet geschlagen. Und obwohl es nicht unter den ersten drei war, hegte er große Hoffnungen für seine Zukunft.

Epsom war ein kleiner Rennplatz, doch dem Marquis war er weit angenehmer als die größeren. Er war auch von London aus leicht zu erreichen, und wenn der Marquis dann nach Hause zurückkehrte, waren die Straßen frei, und die Fahrt ermüdete seine Pferde nicht allzu sehr.

Lady Georgina sah sehr attraktiv aus. Sie trug nicht ihre berühmten Rubine, sondern eine Halskette aus Smaragden, die zur Farbe ihrer Augen paßten. Und diese Augen fand der Marquis verführerisch und aufreizend.

Doch als er sie an diesem Abend verließ, war er etwas enttäuscht von ihr, was beinahe unglaublich schien, da sie doch so schön war. Sie besaß in erotischer Hinsicht alles, was ein Mann sich nur wünschen konnte.

Als er sich in ihrem Boudoir von ihr verabschiedete, klammerte sie sich an ihn, und ihr warmer Körper schien mit dem seinen zu verschmelzen, aber er hatte es plötzlich sehr eilig, nach London zurückzukehren.

»Wann sehe ich dich wieder, mein wunderbarer Geliebter?« flüsterte sie mit ihrer leisen, verführerischen Stimme, die viele Männer unwiderstehlich fanden.

»Meine Pläne stehen noch nicht fest«, erwiderte der Marquis ausweichend.

»Ich lasse es dich wissen, wenn George das nächste Mal außer Haus ist«, sagte sie. »Ich besuche auf jeden Fall übermorgen in London den Ball im Devonshire House.«

Sie erwartete von ihm zu hören, wie sehr er sich darauf freute, sie dort wiederzusehen, aber der Marquis dachte nur daran, daß es Ula auf dem Ball gefallen würde, der in einem der schönsten und angesehensten Häuser Londons stattfinden würde.

Georgina preßte sich noch enger an ihn, zog den Kopf des Marquis zu sich herab und flüsterte:

»Ich liebe dich. Ich liebe dich, Drogo! Wenn ich dich nicht wiedersehe, sterbe ich!«

Dieses Bekenntnis hatte der Marquis schon oft gehört, und so sagte er nur:

»Du bist viel zu jung und zu schön, um zu sterben, wie du sehr wohl weißt.«

»Ich kann ohne dich nicht leben!«

Ihre Stimme klang noch leidenschaftlicher als zuvor. Doch der Marquis löste ihre Arme von seinem Hals und küßte sie leicht auf die Stirn.

»Geh zu Bett, Georgina«, meinte er. »Und wenn du von mir träumen mußt, dann sprich nicht im Schlaf.«

Bevor sie ihn zurückhalten konnte, öffnete er die Tür, lächelte sie an und eilte den Korridor hinab. Er schien vor etwas davonzulaufen, das ihn nicht mehr interessierte.

Georgina Cavendish ging zum Sofa und warf sich in die weichen Seidenkissen.

Es war immer dasselbe, dachte sie: Der Marquis verließ sie, noch ehe sie bereit war, ihn gehenzulassen, und sie hatte das beängstigende Gefühl, ihn nicht mehr wiederzusehen.

»Ich brauche ihn, o Gott, ich brauche ihn«, murmelte sie.

Dann schloß sie die Augen und gab sich ihren Gefühlen hin.

Während der Marquis in seinem Wagen über die Hauptstraße nach London zurückkehrte, stellte er fest, daß er sich nicht mehr für Georgina interessierte und daß es falsch wäre, ein ersterbendes Feuer wieder anzufachen.

Er war es gewöhnt, daß seine Liebesaffären irgendwann beendet waren, aber selten war es ihm so unmißverständlich klar wie dieses Mal.

Er konnte es sich selbst nicht erklären, denn Georgina war sehr schön, sehr erfahren in den Künsten der Liebe.

Er dachte plötzlich an Ulas kleines, herzförmiges Gesicht und daran, wie sehr sie einem Engel glich — eine Beschreibung, die ganz gewiß nicht auf die sinnliche Georgina Cavendish paßte.

Da der Marquis für einige Zeit nicht mehr nach Epsom fahren wollte, mußte er ihr nicht erklären, weshalb er nicht mehr bei ihr speisen würde. Und in London konnte er ihr aus dem Weg gehen.

Dann dachte er wieder an Ula und daran, was für eine Sensation sie auf seinem Ball gewesen war. Er war sicher, daß inzwischen am Berkeley Square ein Berg von Einladungen auf sie wartete. Sie war das Stadtgespräch, während Sarah Chessington-Crewe genötigt war, einen der hinteren Plätze einzunehmen.

Er empfand ein Hochgefühl bei dem Gedanken daran, und dann fiel ihm ein, daß Ula gesagt hatte, es sei seiner unwürdig, rachsüchtig zu sein.

»Sie hat recht — natürlich hat sie recht«, sagte er leise.

Es war ungewöhnlich, daß ein Mädchen ihres Alters so etwas nicht nur dachte, sondern auch mutig genug war, es offen auszusprechen.

Er wünschte jetzt, er hätte Georgina Cavendish direkt nach dem Abendessen verlassen, damit er Ula noch hätte sehen können, bevor sie zu Bett ging.

Sie und die Herzogin würden schon seit Stunden

schlafen, wenn er am Berkeley Square eintraf. So würde er nun bis zum Morgen warten müssen.

Gut gelaunt fuhr er am Haupteingang seines Hauses vor, in der Gewißheit, daß er die Strecke in einer Rekordzeit zurückgelegt und wieder einmal bewiesen hatte, daß seine Pferde alle anderen übertrafen.

Zwei Diener warteten, und als sie die Pferde übernahmen, ließ der Marquis die Zügel fallen, sprang vom Wagen und ging über den roten Teppich in die hell erleuchtete Halle.

Eine ungewöhnliche Anzahl von Dienstboten erwartete ihn, obwohl es schon so spät war. Als Dalton auf ihn zugeeilt kam, war ihm klar, daß etwas vorgefallen sein mußte.

»Gott sei Dank, daß Sie da sind, M'Lord!« rief der Butler.

Der Marquis, der einem Diener seinen Hut gab, fragte scharf:

»Warum? Was ist geschehen?«

»M'Lord, ich glaube, ich sollte mit Euer Lordschaft allein sprechen.«

Der Marquis bemerkte nun, daß alle Diener besorgte Mienen machten und die Dienstmädchen vom Treppengeländer im zweiten Stock heruntersahen, was zu dieser späten Stunde ungewöhnlich war.

Er wollte vor dem Personal keine Fragen stellen, und so ging er rasch in die Bibliothek. Und als Dalton ihm folgte, fragte er erregt:

»Was ist geschehen?«

»Es ist wegen Miß Ula, M'Lord. Sie wurde weggeholt.«

»Wie ist das geschehen? Erzählen Sie es mir genau.«

»Der Earl of Chessington-Crewe kam kurz nach elf Uhr mit einem Polizisten hierher.«

»Mit einem Polizisten?« stieß der Marquis hervor. »Weshalb, zum Teufel, kam er her?«

»Ich vermute, M'Lord...«, begann Dalton hochtrabend. Doch dann sagte er: »Ich habe zufällig mitangehört, was Seine Lordschaft zu Miß Ula sagte.«

Der Marquis nahm an, daß Dalton absichtlich gelauscht hatte, aber er unterbrach ihn nicht, und der Diener fuhr fort:

»Seine Lordschaft sagte Miß Ula, daß sie sofort mit ihm nach Chessington Hall zurückkehren müsse, und wenn sie sich weigerte, würde der Polizist sie vor Gericht bringen, wo man ihr klarmachen würde, daß sie ihrem Vormund gehorchen müsse.«

Der Marquis stieß einen unartikulierten Laut aus. Dalton fuhr fort:

»Er informierte Miß Ula weiterhin, M'Lord, er würde in diesem Fall auch eine Anzeige gegen Eure Lordschaft wegen Entführung einer Minderjährigen vorbringen, und die Strafe dafür sei die Deportation.«

»Guter Gott!« rief der Marquis wütend. »Gibt es denn keine Bosheiten, zu denen dieser Mann nicht fähig ist?«

Dalton zögerte einen Augenblick, dann sagte er:

»Da ist noch etwas, M'Lord.«

»Was?«

»Der Diener des Grafen erzählte Henry und John, die hier in der Halle Dienst hatten, daß Miß Ula mit einer Sondererlaubnis einen ausländischen Prinzen heiraten soll. Ich habe seinen Namen nicht recht verstanden, M'Lord.«

Einen Augenblick war der Marquis sprachlos, dann sagte er:

»Das hat er also im Sinn! Ich kann es kaum glauben!«

»Der Diener des Grafen sagt, die Trauung solle schon morgen früh stattfinden.«

»Das werde ich ganz gewiß verhindern!«

»Wenn Sie entschuldigen, M'Lord, ich kann mir nicht helfen, aber ich glaube, der ausländische Prinz ist der Herr, der am Tag nach dem Ball hier vorbeikam.«

Dalton berichtete weiter:

»Da ich den Butler kenne, der in der türkischen Botschaft arbeitet, weil er ein entfernter Verwandter von mir ist, glaube ich auch, ich sollte Eure Lordschaft darauf aufmerksam machen, daß Prinz Hasin kein geeigneter Gatte für eine junge Frau ist, besonders für eine so sanfte und freundliche wie Miß Ula.«

»Das weiß ich«, sagte der Marquis.

»Mein Verwandter hat mir Geschichten über Seine Hoheit erzählt, die so abstoßend, so ekelhaft sind, daß ich meine Lippen nicht beschmutzen möchte, um sie vor Eurer Lordschaft zu wiederholen.«

Dalton sah den Marquis eindringlich an, als er fortfuhr:

»Noch nie ist eine junge Dame in dieses Haus gekommen, M'Lord, die zu uns allen so freundlich, so warmherzig war, und besonders zu Willy, dessen Finger sie geheilt hat, so daß er glaubt, sie sei ein Engel, den der Himmel ihm geschickt hat.«

Der Marquis fand es ungewöhnlich, daß alle Menschen in Ula dasselbe sahen, aber er meinte nur:

»Geben Sie Anweisung, daß Crusader in einer Stunde vom Stall gebracht wird. Ich ruhe nur ein wenig, nehme dann ein Bad und ziehe meine Reitkleidung an. Der Wagen soll mir folgen.«

Ein Lächeln lag auf Daltons Lippen. Es war genau das, was er hatte hören wollen, und er eilte fort, um die Befehle seines Herrn auszuführen.

Der Marquis sah auf die Uhr über dem Kamin und schätzte, daß er ungefähr um sieben Uhr Chessington Hall erreichen würde.

Es war höchst unwahrscheinlich, daß Ulas Trauung früher stattfinden würde. Während seines Rittes hatte er Zeit, sich auszudenken, wie er Ula vor Prinz Hasin retten konnte.

Wer den Marquis kannte, der wußte, daß er im Zorn ganz ruhig blieb und seine Stimme scharf wie eine Peitsche klang.

Als er jetzt ohne Eile, aber zielbewußt zur Tür ging, was wirksamer war, als wenn er sich beeilt hätte, sagte Dalton:

»Bitte, verzeihen Sie, Eure Lordschaft, aber ich vergaß Ihnen zu sagen, daß Ihre Gnaden darum gebeten hat, Sie zu sprechen, wann immer Sie auch zurückkehren würden.«

»Ich sehe bei ihr herein«, versprach der Marquis.

Da der Graf es nicht erwarten konnte, bis der Tag anbrach, schlief er unruhig und läutete früher als gewöhnlich nach seinem Diener.

Er stand immer ungefähr um sieben Uhr auf, aber an diesem Morgen war er um halb sieben wach, und ehe er sein Schlafzimmer verließ, sagte er zu seinem Diener:

»Hole Mrs. Newman. Ich möchte mit ihr sprechen.«

Es dauerte nur ein paar Minuten, bis Mrs. Newman in ihrem raschelnden schwarzen Kleid den Korridor entlanggeeilt kam.

»Sie haben nach mir verlangt, M'Lord?« fragte sie.

»Ja, Mrs. Newman. Sorgen Sie dafür, daß Miß Ula das weiße Kleid anzieht, das Lady Sarah ihr zurechtgelegt hat. Sie kann den Familien-Hochzeitsschleier benützen, den Sie in Verwahrung haben. Aber Miß Ula darf ihr Zimmer nicht verlassen, bis ich sie holen lasse.«

»Ich verstehe, M'Lord. Leider besteht da eine kleine Schwierigkeit...«

»Was meinen Sie damit — eine kleine Schwierigkeit?« fragte der Graf gereizt.

»Miß Ula ruft um Hilfe, aber wir können den Zimmerschlüssel nicht finden. Wie ich höre, haben Eure Lordschaft ihn gestern abend nicht an sich genommen, als Sie sich zurückzogen.«

Der Graf dachte einen Augenblick nach, dann sagte er:

»Das ist wahr. Ich befahl Hicks, er solle ihn mir bringen, aber der sagte, der Schlüssel stecke nicht in der Tür, und er glaube, daß — wie heißt sie doch? —, daß Amy ihn mit nach oben genommen habe.«

»Amy ist nicht in ihrem Zimmer, M'Lord. Als die anderen Dienstmädchen um fünf Uhr aufstanden, dachten sie, Amy müsse schon früher nach unten gegangen sein, aber man hat sie nirgends gefunden«, erklärte Mrs. Newman.

»Was, zum Teufel, geht hier vor?« schrie der Graf zornig.

»Ich habe keine Ahnung, M'Lord.«

»Dann stellen Sie es fest! Stellen Sie es fest!« tobte

142

er. »Und wenn Sie den Schlüssel nicht finden, dann lassen Sie das Schloß aufbrechen!«

Er fühlte, daß etwas Unerwünschtes passiert war, und eilte rasch den Korridor hinab zum Eichenzimmer.

Dort standen verwirrt zwei Dienstmädchen und ein Diener.

Sie traten sofort beiseite, als der Graf sich der Tür näherte, mit den Fäusten dagegen schlug und brüllte:

»Bist du es, Ula?«

»Hilfe! Helft mir! Bitte, bitte, helft mir!« rief eine Stimme.

»Was ist los?« schrie der Graf.

»Hilfe! Hilfe!«

Er konnte die Stimme nur undeutlich hören, denn sie klang etwas gepreßt. Der Graf wandte sich an den Diener und brüllte:

»Macht sofort diese Tür auf! Du, Jakob — tu etwas!«

»Man hat schon nach dem Zimmermann geschickt.«

Der Graf schrie voller Zorn:

»Das ist doch nicht möglich, daß keiner die Tür öffnen kann. Sagt Newman, er soll die Diener heraufschicken!«

Es dauerte fast eine Viertelstunde, bis es endlich gelang, das Schloß aufzubrechen.

Während dieser Zeit hatte sich der Graf in einen solchen Zorn hineingesteigert, daß er, als alle beiseite wichen, damit er das Zimmer betreten konnte, beinahe unfähig war, dies zu tun.

Als er dann Amy mit gefesselten Handgelenken auf dem Bett liegen sah, war er einen Augenblick sprachlos.

Dann beschimpfte er sie auf gröbste Art und Weise, weil sie es Ula ermöglicht hatte zu entrinnen.

Amy brach in Tränen aus, und er stürmte aus dem Zimmer, die Treppe hinab und schrie Newman an, er solle sofort alle Diener auf die Suche nach Ula ausschicken.

»Sie kann noch nicht weit gekommen sein«, brüllte er, als er in der Halle ankam.

Newman antwortete mit ruhiger Stimme:

»Entschuldigen Sie, M'Lord, aber der Marquis von Raventhorpe ist gekommen. Ich habe Seine Lordschaft in das Arbeitszimmer geführt.«

»Der Marquis! Er steckt hinter alledem«, brüllte der Graf, eilte durch die Halle und riß die Tür des Arbeitszimmers auf.

Der Marquis sah überaus elegant aus. Seine Reitstiefel waren auf Hochglanz poliert. Er stand vor dem Kamin.

»Was wünschen Sie?« schrie der Graf ihn an.

»Ich glaube, Sie kennen die Antwort«, erwiderte der Marquis in kühlem Ton.

»Wenn Sie hinter meiner verdammten Nichte her sind, dann werden Sie sie suchen müssen. Sie ist verschwunden. Ich nehme an, das ist Ihr Werk. Ich bringe Sie dafür vor Gericht, Raventhorpe!«

»Sie können mich hinbringen, wohin Sie wollen«, erwiderte der Marquis. »Verstehe ich es recht, daß Sie vorhaben, Miß Ula mit dem Prinzen Hasin von Kubaric zu vermählen?«

»Was ich tue, geht Sie, zum Teufel, nichts an. Sie wird den Prinzen heiraten, und wenn ich sie dazu bewußtlos schlagen muß.«

»Ich nehme an, Sie kennen den Ruf des Prinzen?«

»Ich denke nicht daran, mich mit Ihnen darüber zu unterhalten!«

»Dann will ich Ihnen etwas darüber erzählen«, sagte der Marquis, ohne die Stimme zu heben. »Prinz Hasin ist so tief im Laster versunken, daß es fast unmöglich ist, über seine Gewohnheiten zu sprechen, ohne daß einem physisch übel dabei wird.«

Er berichtete in aller Ruhe über die verschiedenen erotischen Vergnügungen, denen der Prinz sich hingab, seit seiner Ankunft in London und denen er offensichtlich auch in seinem eigenen Land frönte.

Der Graf hörte wie hypnotisiert zu, und als der Marquis endete, wurde er noch röter im Gesicht, als er es bereits war.

»Selbst wenn das wahr sein sollte, was Sie sagen, woran ich sehr zweifle«, meinte er, »habe ich nicht vor, mein Wort zurückzunehmen. Seine Hoheit hat um Ulas Hand gebeten, und wenn Sie sich auch für sehr bedeutend halten mögen, Raventhorpe, können Sie nicht gegen das Gesetz angehen. Als Ulas Vormund habe ich diese Ehe versprochen, und Sie können nichts mehr daran ändern.«

»Sie sagten eben, Miß Ula sei verschwunden«, bemerkte der Marquis.

»Sie wird nicht sehr weit kommen, denn sie hat nur ein Nachthemd an«, erwiderte der Graf. »Meine Diener sind zu Pferd unterwegs und suchen nach ihr, und wenn sie sie gefunden haben, wird sie binnen zwei Stunden mit dem Prinzen getraut.«

»Gerade das werde ich verhindern«, erwiderte der Marquis. »Und wenn es sein muß, daß ich es dem Prinzen unmöglich mache, seine Rolle als Bräutigam zu spielen, so werde ich nicht zögern, dies zu tun!«

»Und ich werde dafür sorgen, daß Sie dies im Gefängnis büßen, Raventhorpe!« brüllte der Graf. »Sie sind ein Wüstling, der nicht bereit wäre, meine Nichte mit ihrer skandalösen Herkunft zu heiraten, der sie aber zweifellos auf eine passendere Weise mißbrauchen würde!«

Seine Worte waren voller Hohn, und der Marquis antwortete kalt:

»Wenn Sie jünger wären, würde ich Sie wegen einer so infamen Verleumdung niederschlagen. Aber das, was ich vorhabe, wird noch schmerzlicher sein, glaube ich. Ich persönlich werde dafür sorgen, daß Sie aus jedem Club ausgestoßen werden, dessen Mitglied Sie sind, angefangen vom Jockey-Club und dem White's Club.«

»Sie werden es nicht wagen, so etwas zu tun«, antwortete der Graf, aber er schien nervös zu sein.

»Ich halte Sie für einen Mann ohne Prinzipien und Anstand und deshalb für ungeeignet, mit Gentlemen zu verkehren«, sagte der Marquis. »Ich mache keine leeren Drohungen, sondern werde mich darum kümmern, sobald ich wieder in London bin.«

Er ging zur Tür und fügte hinzu:

»Da ich in der Zwischenzeit keine Sekunde länger als notwendig in Ihrer Gesellschaft verbringen möchte, werde ich selbst nach Ula suchen. Und wenn ich sie gefunden habe, bringe ich Sie in die Obhut meiner Großmutter, wo sie bleiben wird, während Sie sich überlegen, was für Schritte Sie gegen mich unternehmen wollen.«

Er hielt inne, dann fügte er hinzu:

»Machen Sie keinen Fehler, Chessington-Crewe. Ich werde im Zeugenstand nicht nur enthüllen, wie brutal Sie eine hilflose Waise behandelt haben, sondern ich werde dem Gericht auch im Detail von der

Vorliebe des Prinzen für sehr junge Mädchen und Kinder berichten. Was Sie nicht davon abhalten kann, ihn für einen geeigneten Gatten für Ihre Nichte zu halten.«

Und mit eiskalter Stimme fuhr er fort:

»Ich kann mir kaum vorstellen, daß Sie und Ihre Familie es wagen werden, sich je wieder in London blicken zu lassen!«

Der Marquis wartete nicht auf eine Antwort und verließ den Raum.

Erst als der Graf allein war, sank er in einen Armsessel, er schien sich nicht länger aufrechthalten zu können.

7

Der Marquis betrat den Salon, in dem seine Großmutter saß.

Sie blickte erwartungsvoll auf, als er erschien, aber sie erkannte sofort an seiner Miene, daß es keine Neuigkeiten gab.

Langsam ging er durch das Zimmer – er schien müde zu sein – und setzte sich neben sie.

Sie schwieg, und nach einem Augenblick sagte er mit einer Stimme, die sie noch nie von ihm gehört hatte:

»Was soll ich tun, Großmama? Ich habe überall gesucht. Wie kann jemand so vollständig verschwinden? Es sei denn, sie ist wirklich ein Engel und ist wieder dorthin zurückgekehrt, woher sie kam.«

Er hatte sich schon gefragt, ob sie überhaupt noch am Leben war.

Seit ihrem Verschwinden war er jeden Tag um den Besitz des Grafen herumgeritten und war auch gelegentlich in den Wald eingedrungen, wenn er dachte, es würde nicht bemerkt.

Er wußte, daß die Dienstboten des Grafen den Wald ebenfalls gründlich durchsuchten.

Er hatte auch die Leute in den angrenzenden Dörfern gefragt, und sie hatten ihm versichert, daß sie Ula nicht gesehen hätten.

Schließlich hatte er Taucher beauftragt, im Fluß zu suchen.

Er hatte den Tauchern zugesehen, und für einen

Augenblick hatte er geglaubt, sie hätten ihre Leiche gefunden. Denn einer der Männer war an die Oberfläche gekommen und hatte gesagt, er habe etwas entdeckt, könne es aber nicht genau erkennen. Als er noch einmal hinuntertauchte, stellte sich heraus, daß es der Kadaver eines Schafes war.

In diesem Augenblick, als ihn ein Gefühl der Erleichterung überkam, gestand sich der Marquis endlich und unwiderruflich ein, daß er Ula liebte und daß er sich ein Leben ohne sie nicht vorstellen konnte.

Er befand sich in einem Zustand äußerster Verzweiflung, wie er sie in seinem Leben noch nie empfunden hatte, aber er wollte seine Großmutter damit nicht belasten.

Sie hatte zwei Tage lang geweint, nachdem Ula verschwunden war, ebenso wie die meisten Dienstmädchen und anderen Frauen im Haushalt.

»Jemand muß sie versteckt haben«, meinte die Herzogin, »denn andernfalls wäre sie doch aufgefallen, da sie nur ein Nachthemd trug.«

Sie wiederholte diese Vermutung immer wieder, und der Marquis versuchte gerade, ihr die Hoffnung nicht zu nehmen, als die Tür aufging und Dalton hereinkam.

Der Marquis sah ihn fragend an:

»Entschuldigen Sie, M'Lord, aber Willy würde gern mit Eurer Lordschaft sprechen.«

»Willy?« fragte der Marquis.

»Der Küchenjunge, M'Lord, dessen Finger Miß Ula behandelt hat, als er sich schnitt«, erklärte Dalton.

»Und er möchte mich sprechen?« fragte der Marquis.

»Es erscheint dreist von ihm, M'Lord, aber er sagt,

er habe Eurer Lordschaft etwas über Miß Ula zu erzählen, und er weigert sich, es mir zu sagen.«

Daltons Stimme klang gereizt, was dem Marquis nicht entging.

Er stand auf und sagte:

»Schicken Sie Willy in die Bibliothek.«

Als er den Salon verließ, lag ein hoffnungsvoller Ausdruck in den Augen der Herzogin. Der Marquis aber konnte sich nicht vorstellen, was der Küchenjunge ihm sagen wollte. Es war unwahrscheinlich, daß er irgend etwas Nützliches beitragen könnte.

Der Marquis hatte nicht länger als eine Minute gewartet, als zögernd an die Tür geklopft wurde und Willy ins Zimmer trat.

Er war ein magerer Junge von ungefähr fünfzehn Jahren und sah intelligent aus, auch wenn er offensichtlich schüchtern war und voller Ehrfurcht vor seinem Herrn.

»Du wolltest mich sprechen, Willy?« fragte der Marquis ruhig.

Willy verschränkte seine Finger ineinander, und dann sprudelten die Worte aus ihm heraus:

»Es ist wegen Miß Ula, M'Lord.«

»Wenn du glaubst, du könntest mir etwas mitteilen, was mir hilft, sie zu finden, wäre ich dir natürlich sehr dankbar«, sagte der Marquis.

»Sie war sehr freundlich zu mir, M'Lord.«

»Das weiß ich. Erzähle mir alles, wovon du glaubst, es könnte mir bei der Suche nach ihr helfen.«

Der Marquis sprach in demselben Tonfall, den er immer in der Armee benutzt hatte, damit es den jungen Rekruten leichtfiel, ihm zu vertrauen.

Willy holte tief Luft.

»Es ist so, M'Lord, als ich Miß Ula erzählte, daß ich ein Waisenkind bin, sagte sie mir, sie sei auch eines, und sie vermisse ihren Pa und ihre Ma genauso wie ich sie vermisse.«

Willy schluckte, und der Marquis sagte:

»Laß dir Zeit. Ich höre zu, und es interessiert mich sehr.«

»Miß Ula sagte mir, M'Lord, daß sie alle für uns sorgen und uns immer noch lieben, auch wenn wir sie nicht sehen können. Und ich sagte zu ihr, ich sagte, das ist schwer zu glauben, wenn ich so allein bin. Und sie sagte zu mir, sie sagte, wenn sie abends schlafen gehe, dann stelle sie sich vor, sie sei immer noch in dem Haus, in dem sie so glücklich war, als ihre Eltern noch lebten und sie liebten, und dann fühle sie sich nicht mehr einsam.«

Willy hielt inne. Er wußte, daß der Marquis ihm zuhörte. Nach einem Augenblick fuhr er fort:

»Dann sagte sie zu mir, sie sagte: ›Ich liebe mein Elternhaus, und eines Tages gehe ich wieder dorthin zurück, auch wenn meine Eltern nicht mehr da sind. Ich werde dort ihre Liebe spüren, und wenn das Haus auch klein ist, ist es wunderbarer als jedes andere Haus.‹«

Willys Stimme wurde weicher, als er sagte:

»M'Lord, ich habe geweint, als sie das sagte, und ich glaube, wenn sie sehr unglücklich ist und sich fürchtet, würde sie – nach Hause gehen.«

Der Marquis sah den Küchenjungen erstaunt an, und dann sagte er:

»Selbstverständlich würde sie das tun. Es war sehr klug von dir, Willy, daß du daran gedacht hast, und gut, es mir zu sagen. Ich werde nach Worchestershire fahren. Und wenn ich sie finde, werde ich dich für deine Hilfe ganz gewiß belohnen.«

»Ich will keine Belohnung haben, M'Lord«, sagte Willy. »Ich möchte nur wissen, daß Miß Ula nicht tot ist, wie man sagt. Niemand war freundlicher zu mir als sie, seit meine Ma gestorben ist.«

Er schluchzte, und weil er nicht wollte, daß der Marquis ihn weinen sah, legte er die Hände vors Gesicht und verließ das Zimmer.

Der Gesichtsausdruck des Marquis' hätte seine Großmutter überrascht, wenn sie ihn hätte sehen können.

Ula, die mit den Zigeunern unterwegs war, schienen die Tage endlos zu sein.

Sie hätte kaum sagen können, wie lange sich die Räder der Zigeunerwagen unter ihr gedreht hatten und wie viele Nächte sie in einem ruhigen Wald oder in der Ecke eines brachliegenden Feldes gesessen hatte.

Sie wohnte mit Zokka und ihrer kleinen Schwester in einem Wagen zusammen. Die beiden Mädchen schliefen in einem Bett und Ula in dem anderen.

Die Wagen waren alle makellos sauber, und das waren auch die Kleider, die Zokka ihr geliehen hatte.

Zokka und Ula waren ungefähr gleich groß, und Ula sah in dem fülligen roten Rock, der weißen Bluse und dem Samtmieder, das sich um ihre schmale Taille schmiegte, sehr attraktiv aus.

Da sie blond war, bedeckte Ula ihr Haar mit einem farbigen Kopftuch. Und sie versteckte sich immer im Zigeunerwagen, wenn sie durch ein Dorf fuhren.

Gegen ihre helle Haut und ihre blauen Augen konnte sie nichts tun.

Ula hatte so große Angst, von ihrem Onkel entdeckt zu werden, daß sie sofort in den Wagen flüchtete, sobald eine Kutsche und Pferde in Sicht kamen.

Sie fürchtete auch, ihr Onkel könne Polizisten beauftragt haben, sie zu suchen.

Zudem bestand ja auch die Möglichkeit, daß Prinz Hasin auf der Suche nach ihr war.

Doch während diese Gedanken sie tagsüber ängstigten und sie bei jedem unbekannten Geräusch erschrak, dachte sie nachts nur an den Marquis und sah sein schönes Gesicht vor sich.

Sie wußte, was immer auch mit ihr geschah, sie würde ihn für den Rest ihres Lebens lieben.

Sie liebte alles an ihm, sein Lachen, seinen Verstand, seinen Witz, seine breiten Schultern und seine starken Hände.

Auch wenn sie wußte, daß es eine Manier war, sie liebte sogar seine affektiert gelangweilte Stimme.

»Ich liebe ihn, ich liebe ihn!« murmelte sie in ihr Kissen.

Sie hätte gern gewußt, ob er an sie gedacht hatte, seitdem sie verschwunden war.

Oder war er zu sehr mit der hübschen Georgina Cavendish oder irgendeiner anderen Schönheit beschäftigt, die begierig auf seine Aufmerksamkeiten warteten?

Manchmal träumte sie, daß er sie in den Armen hielt, und dann fürchtete sie sich weder vor ihrem Onkel noch vor Prinz Hasin.

Oft dachte sie an die Drohungen ihres Onkels, den Marquis anzuklagen, weil er eine Minderjährige entführt hatte.

Selbst wenn der Graf nicht beweisen konnte, daß

der Marquis schuldig war, würde es einen Skandal geben, und der Marquis würde das Aufsehen verwünschen, das solch eine Behauptung erregen mußte.

Dies bedeutete, so sagte sich Ula, daß sie nicht nur ihrem Onkel und Prinz Hasin aus dem Weg gehen mußte, sondern auch dem Marquis, den sie liebte.

Wenn man sie bei ihm fand, konnte es ihm schaden.

Bei diesem Gedanken kamen ihr die Tränen. Denn wenn sie den Marquis nicht wiedersehen durfte, dann würde die Welt für sie unsagbar dunkel, leer und ohne Sonnenschein sein.

Am Morgen sagte sie sich immer wieder, daß sie tapfer sein und Pläne für die Zukunft schmieden mußte, auch wenn sie ein Flüchtling war.

Sie fragte sich, ob jemand freundlich genug wäre, sie bei sich wohnen zu lassen, bis sie Arbeit gefunden hatte und sich selbst versorgen konnte. Sie wollte wieder in das kleine Dorf gehen, in dem sie ihre Kindheit verbracht hatte.

Sie war sicher, daß der alte Graves und seine Frau, die ihr Vater in Rente geschickt hatte, kurz bevor er ums Leben gekommen war, ihr helfen würden. Die beiden waren ein gutes altes Paar, und Graves hatte auch weiterhin im Garten gearbeitet, nachdem er Rentner geworden war.

Mrs. Graves hatte zu starkes Rheuma, um weiterhin in der Küche zu helfen oder die Treppe hinaufzusteigen und die Betten zu machen.

Sie haben Papa und Mama geliebt, dachte Ula, ich weiß, sie werden mir helfen. Aber ich muß rasch etwas Geld verdienen, denn sie können es sich nicht leisten, mich mit ihrer kleinen Rente durchzufüttern.

Es war jedoch ein tröstlicher Gedanke, daß viele Leute in der Gemeinde ihre Eltern gemocht hatten.

Sie war sicher, daß diese Menschen sie vor dem Schicksal bewahren würden, einen Mann wie Prinz Hasin heiraten zu müssen.

Trotzdem würde sie sehr vorsichtig sein müssen, damit jene Menschen, die ihr helfen würden, nicht in ihre Angelegenheiten verstrickt würden. Ihr Onkel brächte es fertig, sie dafür leiden zu lassen.

Um sich nützlich zu machen, half Ula den Zigeunerinnen, Weidenkörbe zu flechten, in denen sie Wäscheklammern in den Dörfern verkauften.

Da Ula gut nähen konnte, stellte sie auch kleine farbige Säckchen aus Lumpen her, die die Zigeuner sammelten, während sie über Land fuhren.

Die Mädchen sagten, sie würden diese mit Kräutermischungen oder Lavendel füllen, sobald sie Gelegenheit dazu hätten.

Da Ula eine Blutsschwester der Zigeuner war, wurde sie von ihnen wie ihresgleichen behandelt. Sie waren weder zurückhaltend noch schweigsam. Sie erzählten ihr von ihren Nöten, und Ula lernte auch einige ihrer Zaubersprüche kennen.

Wenn Zokka und ihre Schwester bei Vollmond vom Lagerfeuer davonschlichen, um einen Wunsch auszusprechen, z. B. einen schönen Geliebten zu bekommen, dann ging Ula mit ihnen.

Auch wenn sie wußte, daß dieser Wunsch unerfüllbar war, so dachte sie dabei an den Marquis und bat darum, daß er sie lieben möge.

»Nur ein wenig... ein ganz klein wenig...«, flüsterte sie und sah hinauf zu dem leuchtenden Vollmond.

Doch wenn sie dann zu den anderen zurückkehrte, dann hielt sie die Erfüllung ihres Wunsches für unmöglich. Der Marquis war für sie ebenso unerreichbar wie der Mond.

Ula konnte sich später nicht mehr daran erinnern, wie lange es gedauert hatte, bis sie die Grafschaft erreicht hatten, in der sie zur Welt gekommen war.

Sie erkannte die Landschaft sofort wieder und auch den Fluß Avon, der sie durchfloß.

Die Zigeuner versicherten ihr, es mache ihnen keine Mühe, sie in das kleine Dorf zu fahren, in dem sie mit ihren Eltern gelebt hatte.

»Es liegt auf unserem Weg«, meinten sie. »Und wir werden warten, bis du Unterkunft gefunden hast. Wenn dich niemand aufnimmt, fährst du weiter mit uns.«

»Ihr seid so freundlich zu mir gewesen«, sagte Ula, »und ich möchte euch nicht länger zur Last fallen.«

»Du bist uns keine Last«, erwiderten die Zigeuner, »denn dein Blut ist auch unser Blut, und deshalb gehörst du zu uns.«

»Natürlich gehörst du zu uns«, sagte Zokka und küßte Ula.

Sie fuhren auf ein kleines Feld, auf dem die Zigeuner aus ihrer Kinderzeit immer kampiert hatten.

Ula hoffte, daß sie durch irgendeinen wunderbaren Zufall da sein würden. Aber es war noch zu früh im Jahr, sie waren immer erst später gekommen.

Die Zigeunerwagen wurden in die Schatten der Bäume gestellt, ehe Ula ausstieg.

Als sie ein Stück die Straße entlangging, sah sie das schwarz-weiße Giebelhaus, in dem sie siebzehn Jahre lang mit ihren Eltern gelebt hatte. Es schien unbewohnt zu sein. Sie hatte erwartet, daß nun ein anderer Geistlicher das Amt ihres Vaters innehatte. Aber als sie jetzt das Haus betrachtete, waren die Fenster geschlossen und ohne Vorhänge. Und im Garten wucherten die Blumen so wild wie nie zuvor.

Das ist merkwürdig, dachte Ula.

Dann kam ihr plötzlich die Idee, sich in dem Haus zu verstecken. Sie schlich an der Hecke entlang, die den Garten begrenzte. Als sie zum Gartentor kam, sah sie, daß die gebückte Gestalt, die in einiger Entfernung arbeitete, der alte Graves war. Er war im Gemüsegarten.

Ula freute sich sehr, ihn wiederzusehen. Sie öffnete das Gartentor und lief den Weg hinab, der von Unkraut überwuchert war, bis sie neben Graves stand.

Er hatte sich kaum verändert. Aber seine Haare waren weniger geworden, und sie waren weiß.

Als er sie sah, richtete er sich auf und sagte verwundert:

»Sind Sie es wirklich Miß Ula?«

Sie nahm das Kopftuch ab.

»Ja, Graves. Sagen Sie nicht, Sie hätten mich vergessen.«

»Natürlich nicht«, meinte er herzlich. »Aber ich hörte, daß man Sie vermißt.«

»Woher?« fragte Ula überrascht.

»Zwei Männer waren hier und erkundigten sich nach Ihnen. Ich glaube, es waren herrschaftliche Diener.«

»Sind Sie noch im Dorf?« fragte Ula ängstlich.

Graves schüttelte den Kopf.

»Nein, sie sind weg – schon seit drei Tagen. Als ich

ihnen sagte, ich hätte nichts von Ihnen gesehen, sind sie nicht wiedergekommen.«

Ula vermutete, daß es Diener ihres Onkels gewesen waren, und sie sagte mit einem kleinen Seufzer:

»Niemand darf erfahren, daß ich hier bin. Wer wohnt im Haus?«

»Es steht leer«, erwiderte Graves. »Der neue Vikar meint, es sei zu klein für ihn. Deshalb ist er in das alte Manor House neben der Kirche gezogen.«

Das Manor House war gewiß größer und sehr viel eindrucksvoller als das kleine Pfarrhaus, das für ihre Eltern groß genug gewesen war.

Von dort aus, wo Ula stand, konnte sie die alte graue Kirche sehen, in der sie getauft worden war, und dies gab ihr ein Gefühl der Sicherheit, fast so, als stünde ihr Vater neben ihr.

»Wenn niemand im Haus wohnt, würde ich gern einmal hineingehen, Graves.«

»Ich habe den Schlüssel, Miß Ula, weil ich dort meine Geräte aufbewahre.«

Sie sah ihn erstaunt an, und er erklärte:

»Der Bischof sagt, ich soll mich um das alte Pfarrhaus kümmern, falls man es wieder benutzen will. Ich pflanze ein wenig Gemüse im Garten an, aber ich kann nicht mehr so viel tun wie früher.«

»Nein, natürlich nicht«, sagte Ula mitfühlend, »aber ich würde gern ins Haus gehen.«

Der alte Mann suchte in seiner Tasche nach dem Schlüssel. Er gab ihn Ula.

»Ich schaue mich um«, meinte sie. »Und dann möchte ich gern mit Ihnen sprechen.«

»Ich bin im Garten, Miß Ula, keine Sorge. Sie werden im Dachgeschoß ein paar Sachen finden, die man nicht verkaufen konnte. Ich habe sie auf dem Speicher in Sicherheit gebracht.«

Ula lächelte ihn an, und dann lief sie zur Hintertür, öffnete sie und betrat ihr Elternhaus. Hier fühlte sie sich sicher.

Die Zimmer im Erdgeschoß waren fast leer bis auf ein paar Teppiche, die man nicht hatte verkaufen können. Es fanden sich auch einige Vorhänge, die zu verschlissen waren, um ein paar Pennys einzubringen.

Ula sah jedoch die Zimmer so, wie sie zuletzt eingerichtet gewesen waren.

Im Wohnzimmer arrangierte ihre Mutter Blumen in den Vasen, während ihr Vater am Schreibtisch im Zimmer nebenan seine Predigten schrieb.

Dann ging Ula die Treppe hinauf.

Obwohl das große Bett und die weißen Möbel nicht mehr da waren, die einst im Schlafzimmer ihrer Mutter gestanden hatten, schien es ihr, als strahlten die Wände noch die Liebe zwischen zwei Menschen aus, die einander verehrt hatten.

Ähnliche Gefühle überfielen Ula in ihrem eigenen kleinen Zimmer, das nebenan lag und immer mit Licht und Gelächter angefüllt gewesen war.

»Ich bin wieder zu Hause!« sagte sie laut, als sie den Korridor entlang und die schmale gewundene Treppe hinaufging, die zum Dachgeschoß führte.

Wie Graves gesagt hatte, war alles, was nicht verkäuflich gewesen war, hier oben verstaut.

Da waren gesprungene Schalen und Porzellankrüge, Soßenterrinen und Pfannen.

An den Wänden hingen einige Kleider, die ihre Mutter und ihr selbst gehört hatten und die niemandem im Dorf gepaßt hatten. Vielleicht wollten die Leute auch keine Kleidung tragen, die von einer Toten stammten.

›Wenigstens habe ich etwas anzuziehen‹, dachte Ula. Ihr war schon klar, daß die Kleider in der Tat nicht sehr geeignet waren für jemanden, der sein Geld mit Feldarbeit verdienen mußte.

Diese Arbeit mußte sie wahrscheinlich auch tun, oder sie konnte Fußböden scheuern. Aber das machte ihr nichts aus.

Sie entdeckte Bücher aus dem Arbeitszimmer ihres Vaters, größtenteils religiöse Abhandlungen und, was sie für das Kostbarste hielt, seine Bibel.

Sie nahm sie in die Hand und sah, daß er seinen Namen hineingeschrieben hatte. Während sie darin blätterte, hörte sie, daß jemand das Haus betrat. Sie stand ganz still und lauschte angespannt wie ein verfolgtes Tier.

Dann hörte sie jemanden die Treppe heraufkommen. Es konnte unmöglich Grave sein, dazu ging die Person zu schnell.

Ula dachte, der alte Mann müsse sich getäuscht haben, und die beiden Männer, die auf der Suche nach ihr waren, hatten nur darauf gewartet, daß sie früher oder später hier eintreffen würde.

Panik überkam sie.

Sie blickte sich rasch um und sah, daß sie sich nur hinter einigen Kisten verstecken konnte, die in der Mitte des Dachgeschosses standen. Rasch wie ein Fuchs, der sich vor seinen Verfolgern versteckt, lief sie zu den Kisten und duckte sich dahinter.

Sie hoffte, daß man sie von der Tür aus nicht sehen konnte.

Während sie sich so klein wie möglich machte, hörte sie die Schritte immer näherkommen.

Die Tür des Dachgeschosses stand offen, und als der Unbekannte sie erreichte, schlug Ulas Herz so wild, daß sie glaubte, es würde zerspringen.

Sie betete verzweifelt um den Schutz ihres Vaters.

Rette mich, Papa, beschütze mich! Du hast mich zu den Zigeunern geführt, und nun bin ich hier, laß sie mich nicht finden, bitte, Papa, bitte!

Sie betete inbrünstig, und jeder Nerv in ihrem Körper war angespannt vor Furcht.

Gleichzeitig spürte sie, daß der Mann, der ihr gefolgt war, unmittelbar an der Tür stand, und sie war sicher, daß er nach ihr suchte.

Dann fragte eine weiche Stimme:

»Bist du da, Ula?«

Einen Augenblick dachte sie zu träumen. Sie konnte nicht richtig gehört haben.

Dann erhob sie sich mit einem leisen Schrei aus ihrem Versteck und sah, daß zwischen dem Gerümpel die elegante Gestalt des Marquis stand.

Einen Augenblick sahen sie einander nur an. Dann streckte er die Arme aus, und ohne nachzudenken, rannte sie auf ihn zu.

Sie warf sich in seine Arme, und seine Lippen hielten sie gefangen. Er küßte sie wild, leidenschaftlich, besitzergreifend und zog sie eng an sich.

Es schien, als ob dies die einzige Art war, in der er ausdrücken konnte, was er für sie empfand. Es fehlten ihm offensichtlich die Worte.

Ula fühlte sich wie im Himmel. Angst und Verzweiflung waren verflogen. Es war so herrlich, so vollkommen, so wunderbar, daß es nur ein Teil des Göttlichen sein konnte.

Als der Marquis sie küßte und immer wieder küßte, konnte sie kaum glauben, daß es Wirklichkeit war.

Erst als sie beide atemlos waren, und Ula spürte, wie wild sein Herz schlug, hob der Marquis den Kopf und sagte mit einer merkwürdig unsicheren Stimme:

»Ich habe dich gefunden. Wo bist du solange gewesen? Ich war außer mir vor Sorgen.«

Als er Ula ansah, dachte er, daß er es nie für möglich gehalten hätte, daß eine Frau so schön, so strahlend aussehen konnte. Mit ihren offenen Haaren glich sie mehr denn je einem Engel.

»Du hast mich gefunden«, sagte Ula. »Und ich dachte, ich würde dich nie wiedersehen.«

Ihre Stimme drückte eine solche Seligkeit aus, daß der Marquis sie, ohne zu antworten, noch einmal küßte.

Nun, da er die Süße und Unschuld ihrer Lippen kannte, konnte er kein Ende finden, sie zu küssen.

Als Ula endlich sprechen konnte, fragte sie zögernd:

»Warum bist du hier, und warum suchst du nach mir?«

»Hattest du etwas anderes erwartet?« war seine Gegenfrage. »Es war sehr geschickt von dir, mein Liebling, aber du mußtest doch wissen, daß ich dich wiederfinden würde.«

»Ich dachte, selbst wenn du das vorhättest, könntest du nicht rechtzeitig kommen, und ich wäre lieber gestorben, als Prinz Hasin zu heiraten.«

»Ich hätte ihn eher getötet, als ihm zu erlauben, dein Gatte zu werden«, sagte der Marquis.

»Und ich dachte, du wärst vielleicht froh, mich los zu sein.«

Er zog sie enger an sich.

»Wie konntest du so etwas Absurdes denken?« fragte er. »Und wie konntest du etwas so Grausames tun und uns in Tränen zurücklassen, besonders meine Großmutter und Willy?«

Ula sah ihn an, sie schien nicht glauben zu können, was er sagte, und er fuhr fort:

»Ich war außer mir, ganz außer mir, als wir dich nicht finden konnten.«

»Du hast mich gesucht?«

»Natürlich! Ich habe das ganze Land durchsucht, die Wälder, die Felder, die Dörfer, den ganzen Tag, jeden Tag, bis Willy mir sagte, was ich mir selbst hätte denken können, daß du nach Hause gehen würdest.«

»Willy sagte es dir?«

»Du hast ihm einmal erzählt, daß du dir nachts oft vorstellst, wieder in deinem Elternhaus zu sein und daß du eines Tages dorthin zurückkehren würdest.«

»Deshalb hast du mich gefunden«, sagte sie erleichtert.

Dann stieß sie einen leisen Schrei aus.

»Onkel Lionel! Er hat Männer hergeschickt, die mich finden sollen, und vielleicht kommen sie wieder. Du mußt mich verstecken, bitte! Du weißt, das Recht ist auf seiner Seite.«

»Das weiß ich«, erwiderte der Marquis, »und deshalb habe ich vor, dich so sicher zu verstecken, daß er dich nie wieder bedrohen oder dir Angst einjagen kann.«

Ula drängte sich näher an ihn.

»Es klingt wunderbar. Aber wie willst du das tun?«

»Ganz einfach, wir werden heiraten!« erwiderte der Marquis ruhig.

Ula glaubte einen Augenblick, nicht richtig gehört zu haben.

Sie sah ihn an, er wirkte glücklich und jung wie nie zuvor.

»Alles ist schon vorbereitet«, erklärte er. »Ich habe nur noch auf dich gewartet.«

»Ich, ich verstehe nicht.«

»Sag mir zuerst, wie du ohne Geld hierhergekommen bist, zumal du nur in einem Nachhemd Chessington Hall verlassen hattest.«

Ula lächelte ihn an, und sie löste sich ein wenig aus seinen Armen.

»Sieh mich an!«

Der Blick des Marquis lag auf ihrem Gesicht.

»Ich schaue«, sagte er. »Fast hätte ich vergessen, wie schön du bist – so süß, so vollkommen, so unschuldig! Mein Schatz, wie kann ich dir nur begreiflich machen, wie sehr ich dich liebe und wie sehr du dich von allen anderen Frauen unterscheidest, die ich bisher kennengelernt habe?«

»Sagst du das wirklich... zu mir?« flüsterte Ula.

»Ich habe noch viel mehr zu sagen, aber die Zeit drängt, und wir können nicht für den Rest unseres Lebens hierbleiben.«

Plötzlich fand Ula die Situation sehr komisch.

Der Marquis von Raventhorpe, der so unermeßlich reich war, stand da und machte ihr auf einem Dachboden einen Heiratsantrag. Sie waren umgeben von zerbrochenen Stühlen, gesprungenem Porzellan und alten Kasserollen.

Als sie in seine Augen blickte, wußte sie, daß jeder Ort, an dem sie sich mit dem Marquis aufhalten würde, für sie schön sein würde.

»Ich liebe dich«, flüsterte sie und las in seinen Augen, wie sehr er sie liebte.

»Ich möchte dich küssen«, sagte er. »Aber wir haben viel zu tun, und du hast meine Frage noch nicht beantwortet.«

»Du hast mein Kleid nicht angesehen.«

Er blickte an ihr herab auf das Samtmieder, die weiße Bluse und den flligen roten Rock.

»Die Zigeuner!« rief er. »Du warst bei den Zigeunern!«

»Sie brachten mich hierher, und sie kampieren auf dem Feld. Dort haben sie bereits ihr Lager aufgeschlagen, als ich noch ein Kind war.«

»Und du warst bei ihnen sicher? Sie haben dir nichts getan?«

»Nein, natürlich nicht«, antwortete Ula lächelnd. »Ich bin ja ihre Blutsschwester.«

»Eines Tages mußt du mir alles darüber erzählen«, antwortete der Marquis. »Aber jetzt wartet der Vikar darauf, uns zu trauen.«

Er küßte sie auf die Stirn.

»Sobald du meine Frau bist, mein Liebling, wird dir niemand mehr wehtun oder dich beleidigen, und wenn irgendein Mann versuchen sollte, dich mir wegzunehmen, töte ich ihn!«

Einen Augenblick sah Ula ihn mit großen Augen schweigend an. Dann flüsterte sie fast unhörbar:

»Es kann nicht wahr sein, daß du mich wirklich heiraten willst.«

»Ich will dich heiraten!« sagte der Marquis entschlossen. »Es gibt keinen anderen Weg, um dafür zu sorgen, daß du mich nie wieder verläßt und mich nie wieder so unglücklich machst, wie ich es die letzten zehn Tage gewesen bin.«

»Ist es wirklich schon zehn Tage her, daß ich davonlief?« fragte Ula.

»Mir erscheint es wie zehn Jahrhunderte«, sagte der Marquis. »Aber nachdem Willy mir gesagt hatte, daß du hierherkommen würdest, war ich mir sicher, und deshalb habe ich auf dich gewartet.«

Er lächelte, und Ula sah, daß seine Falten verschwunden waren. Seine Stimme klang jungenhaft, als er sagte:

»Komm! Beeile dich! Während wir hier miteinander reden, wartet unten ein Kleid auf dich.«

»Was für ein Kleid?« fragte Ula.

Der Marquis ging die schmale Treppe zum ersten Stock hinunter und zog Ula an der Hand hinter sich her.

Als sie im Korridor ankamen, sagte er:

»Ich kann dich kaum in einem Nachthemd heiraten, so bewundernswert du darin auch aussehen magst. Deshalb habe ich einen Koffer voller Kleider mitgebracht, und wenn wir Zeit haben, kaufen wir noch mehr.«

»Ich träume, ich weiß, ich träume«, sagte Ula.

Der Marquis antwortete nicht.

Er zog sie in das ehemalige Schlafzimmer ihrer Mutter. In der Mitte des Raumes stand auf einem kleinen viereckten Teppich ein lederner Reisekoffer. Er war geöffnet und obenauf lag ein Brautkleid sowie ein Schleier, der an einem Kranz aus Orangenblüten festgenäht war.

»Wie kommt es, daß du daran gedacht hast?« fragte Ula. »Und daß du so sicher warst, mich hier zu finden?«

Der Marquis erinnerte sich einen Augenblick an die

Qual, die er empfunden hatte, als er die Taucher den Fluß absuchen ließ. Er würde ihr das alles erzählen, sobald sie Zeit dazu hatten.

Jetzt wollte er nur, daß Ula seine Frau wurde, so daß es ihrem Onkel oder irgendeinem anderen unmöglich war, sie zu entführen.

Obwohl er es nicht aussprach, so fürchtete er doch, daß Prinz Hasin skrupellose Mittel anwenden könnte, um sein Ziel zu erreichen.

Er wußte, daß nicht nur die Dienstboten des Grafen hier gewesen waren, um sie zu suchen, sondern auch einige finstere Männer, die in den Diensten des Prinzen standen.

Deshalb fragte er:

»Kannst du dich allein umziehen?«

»Natürlich. Das habe ich immer getan«, antwortete Ula lächelnd.

»Dann beeile dich! Als ich dich zum Haus gehen sah, schickte ich einen meiner Diener zum Vikar und ließ ihm bestellen, er solle auf uns in der Kirche warten. Ich möchte nicht, daß er ungeduldig wird.«

Ula lachte.

Nachdem der Marquis sie verlassen hatte, zog sie ihre Zigeunerkleider aus und das weiße Gewand an, das noch schöner war als die Kleider, die die Herzogin für sie gekauft hatte.

Es war ein Hochzeitskleid, von dem jedes Mädchen träumt.

Glücklicherweise befand sich in einem der Schränke ein Spiegel. Ula stellte sich davor und konnte sich mit ein paar Haarnadeln, die herumlagen, ihre Frisur richten. Dann legte sie den Schleier und den Kranz über ihr Haar.

Aufgeregt, aber trotzdem gefaßt, öffnete sie die Tür und ging die Treppe hinab.

Der Marquis wartete in der Diele auf sie, und als sie ihn sah, wußte sie, daß er der schönste und attraktivste Mann war, den sie je gesehen hatte. Er strahlte all das aus, was sie bei ihm gespürt, aber was er nie gezeigt hatte. Nun war er genau so, wie sie ihn sich wünschte.

Er war ein Mann, der große Dinge vollbringen würde, nicht nur für sie, sondern auch für andere, weil er, wie ihr Vater es ausgedrückt hätte, eine göttliche Kraft besaß.

Obwohl sie ihm von ihrer Liebe erzählen wollte, wußte sie in dem Augenblick, als sich ihre Blicke trafen, daß keine Worte notwendig waren.

Sie waren sich so nahe und gehörten einander so vollständig, daß auch das Sakrament der Ehe sie einander nicht näherbringen konnte, als sie es jetzt schon waren.

Der Marquis nahm ihre Hand und zog sie durch die Vordertür. Draußen stand sein Wagen.

Er nahm sie in die Arme und hob sie hinauf.

Als die Diener hinter ihnen aufstiegen, sah Ula zwei Vorreiter, die den kurzen Weg zur Kirche vorausritten.

Sie waren da, damit weder der Graf noch der Prinz oder irgendein anderer den Marquis daran hindern konnte, sie zu heiraten.

Nur ein paar wenige alte Dorfbewohner sahen ihnen überrascht nach, als sie an der Westseite der Kirche vorfuhren.

Der Marquis hielt an und hob Ula aus dem Wagen.

»Ich liebe dich!« sagte er. »Und wenn wir verheiratet sind, zeige ich dir, wie sehr!«

Er nahm ihren Arm, und sie betraten die Kirche, in der Ula ihr Leben lang gebetet hatte, während sie leise die Orgel spielen hörte.

Sie spürte, daß Vater und Mutter ihr nahe waren, als sie und der Marquis getraut wurden.

Als er den Ring an ihren Finger steckte, glaubte Ula, Engelchöre zu hören. Während sie niederknieten und den Segen empfingen, war Ula der glücklichste Mensch auf Erden.

Sie hatte den Mann gefunden, den sie liebte, und sie wußte, daß sie beide sich ebenso lieben würden, wie ihre Eltern einander geliebt hatten.

»Danke, danke, lieber Gott«, betete sie im stillen.

Sie schwor sich, daß künftig ihr ganzes Leben ein Ausdruck der Dankbarkeit sein würde für das, was sie empfangen hatte.

Nach der Trauung fuhren sie davon, aber sie kehrten nicht zu ihrem Elternhaus zurück, wie sie es erwartet hatte.

»Wohin bringst du mich?«

Unwillkürlich rückte sie ein wenig näher an ihn heran und legte eine Hand auf sein Knie.

Er blickte sie lächelnd an.

Sie wußte, er fühlte ebenso sehr wie sie, daß sie füreinander bestimmt waren und sie niemand mehr voneinander trennen konnte.

»Wir verbringen die Nacht in einem Haus, das ich von einem Freund, dem Vertreter des Königs in der Grafschaft, zur Verfügung gestellt bekommen habe«, erwiderte der Marquis. »Dort wird uns niemand finden, und wir werden ungestört sein.«

Lächelnd fuhr er fort:

»Morgen fahren wir dann in mein Haus in Oxfordshire, das künftig dir gehören wird, meine Liebste. Danach brechen wir in unsere Flitterwochen auf, die eine Überraschung sein werden.«

»Das klingt herrlich«, murmelte Ula.

Dann stieß sie einen kleinen Schrei aus.

»Die Zigeuner! Ich muß sie wissen lassen, was aus mir geworden ist.«

»Daran habe ich gedacht, und während du dich umgezogen hast, habe ich meinen Diener zu ihnen geschickt und ihnen ausrichten lassen, daß du heiraten wirst. Für ihre Hilfsbereitschaft habe ich noch auf andere Weise gedankt.«

»Hoffentlich hast du ihnen kein Geld geschenkt, das würde sie kränken«, sagte Ula.

»Ich sagte meinem Diener, er solle taktvoll sein, und ich ließ ihnen auch ausrichten, daß künftig alle Zigeuner auf meinen Besitztümern willkommen sind.«

»Du hättest ihnen kein schöneres Geschenk machen können«, rief Ula.

Ihre Unterkunft war ein sehr komfortables und schön eingerichtetes Haus. Der Freund des Marquis hatte es für einen seiner Verwandten herrichten lassen, der sich für einige Zeit im Ausland aufhielt.

Alles war freundlich und hell, dachte Ula, und sehr schön – ein vollkommener Rahmen für diesen Anlaß.

Diener warteten ihnen diskret auf, und nach dem Essen führte sie der Marquis nach oben.

Sie betraten ein geschmackvoll eingerichtetes Zimmer, in dem ein großes, mit seidenen Vorhängen drapiertes Bett stand. Die Vorhänge waren so blau wie

Ulas Augen. Sie waren an einer geschnitzten, goldenen Blumenkrone befestigt.

»Was für ein reizendes Zimmer!« rief Ula.

»Mein Liebling, ich dachte, du würdest gern dein Hochzeitskleid ausziehen. Der Reisekoffer wurde hergebracht, während wir gegessen haben. Er ist bereits ausgepackt.«

Sie lächelte ihn an.

»Du denkst an alles.«

»Ich denke an dich«, antwortete er. »Wie könnte ich an irgend etwas anderes denken, da du so vollkommen bist. Du bist genau die Frau, die ich mir immer gewünscht habe.«

Nur einen Augenblick erinnerte sich Ula an Sarah.

Der Marquis schien zu wissen, was sie dachte, denn er sagte:

»Vergiß sie. Wir alle machen Fehler im Leben, und von jetzt an ist es deine Aufgabe, meine Geliebte, dafür zu sorgen, daß ich künftig möglichst wenige mache.«

Während er sprach, nahm er ihr den Blütenkranz vom Kopf, dann den Schleier, entfernte die Nadeln, die ihr Haar hielten, und ließ ihr Haar voll über ihre Schultern fallen.

»Jetzt siehst du wie der Engel aus, der du bist«, sagte er. »Mein Engel, der mich für den Rest meines Lebens leiten und beseelen wird.«

»Kann ich das wirklich tun?«

»Das hast du schon getan«, erwiderte er. »Durch dich bin ich ein völlig anderer Mensch geworden.«

»Ich liebe dich so, wie du bist«, flüsterte Ula.

Sie preßte sich an ihn, und während er sie küßte, zog er ihr das Hochzeitskleid aus.

Als es sanft zu Boden fiel, nahm er sie in die Arme und trug sie zu dem Himmelbett.

Sie lag auf den weichen Kissen, und der Vergleich mit einer Wolke, auf der sie schwebte, drängte sich ihr auf.

Als der Marquis sich über sie beugte, wußte sie, daß es kein Traum war, sondern herrliche Wirklichkeit, und sie fühlte eine große Dankbarkeit.

Als sie dann aber die Lippen des Marquis auf ihren Lippen spürte, als seine Hände sie berührten, sein Körper sich an sie schmiegte, konnte sie an nichts anderes als an ihn denken.

»Ich liebe dich, ich liebe dich!« flüsterte sie.

»Ich verehre dich, und das werde ich mein ganzes Leben lang tun, meine Geliebte.«

Während er sprach, überlief sie ein Schauer, denn seine Hand erweckte eine erste Sinnlichkeit in ihr, und das war das Erregendste, was sie je erlebt hatte.

»Hast du Angst?« fragte er.

»Ein... wenig.«

»Ich werde sehr sanft sein.«

»Ich habe keine Angst vor dir.«

»Vor was dann, mein kostbarer Schatz?«

»Vielleicht findest du mich langweilig, enttäuschend, und du wirst mich nicht länger lieben, und ich werde wieder allein sein.«

»Das ist unmöglich, mein Engel.«

»Warum?«

»Weil ich dich nicht nur wegen deiner Schönheit und wegen deines vollkommenen Körpers liebe, sondern wegen deines freundlichen Wesens und besonders wegen deiner Seele. Ich werde dich immer lieben und verehren.«

»Wie kannst du so wundervolle Dinge zu mir sagen?«

Tränen liefen über Ulas Gesicht, als sie fragte:

»Glaubst du wirklich, ich besitze das göttliche Licht, von dem Papa sagte, es sei so wichtig?«

»Für mich leuchtest du wie ein Stern in der Dunkelheit, ein Stern, dem ich mein ganzes Leben lang folgen werde.«

»Oh, Liebling, Liebling, ich liebe dich.«

Er küßte die Tränen von ihren Wangen.

Er zog Ula ganz nah zu sich heran, und sie fühlte, daß sie miteinander verschmolzen.

Sie wußte, es war die Macht der göttlichen Liebe, die nicht, wie sie geglaubt hatte, zart und sanft wie der Mondschein war, sondern brennend wie die Hitze der Sonne.

Sie spürte, wie die Liebe ihren Körper durchdrang und von ihren Brüsten zu ihren Lippen aufstieg, um sich mit seinem Feuer zu vereinen.

Und sie wußte, daß die Liebe eine starke, überwältigende und unwiderstehliche Kraft war, die sie dazu befähigen würde, große Dinge zu vollbringen und ferne Horizonte zu suchen.

Die Ekstase und die Seligkeit, die sie empfand, waren unbeschreibbar.

Der Marquis machte sie zu seiner Frau, und sie wurden eins. Es fanden sich nicht nur ihre Körper, sondern auch ihre Herzen und Seelen.

BARBARA CARTLAND

Die unbestrittene Königin des historischen Liebesromans

Im Sog der Leidenschaft
Roman
01/6604

Anschlag auf die Liebe
Roman
01/6714

Der böse Marquis
Roman
01/6770

Prinzessin zwischen Thron und Liebe
Roman
01/6869

Wende des Schicksals
Roman
01/6961

Mit den Waffen der Liebe
Roman
01/7657

Rache des Herzens
Roman
01/7759

Die Liebe siegt
Roman
01/7901

Colleen McCullough

Die einzigartigen Romane von Colleen McCullough, der Autorin des Weltbestsellers „Dornenvögel" als Heyne-Taschenbuch.

Heyne-Taschenbuch
01/5738

Sonderausgabe mit
24 Farbabbildungen
01/6924

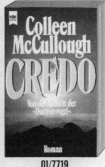

01/7719

01/5884

01/7934

Wilhelm Heyne Verlag München

SUSAN HOWATCH

HEYNE BÜCHER

Die bewegenden, mitreißenden Gesellschaftsromane der englischen Bestseller-Autorin. Ein faszinierendes Lesevergnügen

Susan Howatch – DIE HERREN AUF CASHELMARA
Roman
01/7908

Susan Howatch – DIE REICHEN SIND ANDERS
Roman
01/5715

Susan Howatch – DAS SCHLOSS AM MEER
Roman
01/5786

Susan Howatch – DIE ERBEN VON PENMARRIC
Roman
01/5820

Susan Howatch – TEUFLISCHE LIEBE
Roman
01/5859

Susan Howatch – ANRUF BEI NACHT
Roman
01/5920

Susan Howatch – DIE DUNKLE KÜSTE
Roman
01/5974

Susan Howatch – GEHEIMNIS IM MOOR
Roman
01/6015